LA PEUR

Stefan Zweig est né à Vienne en 1881. Il s'est essayé aux genres littéraires les plus divers — poésie, théâtre, biographies romancées, critique littéraire — et même à la traduction. Ses nouvelles l'ont rendu célèbre dans le monde entier. Citons *La Confusion des sentiments, Amok, Le Joueur d'échecs, Vingt-Quatre Heures de la vie d'une femme, Destruction d'un cœur, Amerigo, Le Monde d'hier, Clarissa, Wondrack, La Pitié dangereuse*. Profondément marqué par la montée et les victoires du nazisme, Stefan Zweig a émigré au Brésil avec sa seconde épouse. Le couple s'est donné la mort à Pétropolis, le 23 février 1942.

Paru dans Le Livre de Poche :

AMERIGO
AMOK
L'AMOUR D'ERIKA EWALD
BALZAC
LE BRÉSIL, TERRE D'AVENIR
BRÛLANT SECRET
CLARISSA
LE COMBAT AVEC LE DÉMON
LA CONFUSION DES SENTIMENTS
DESTRUCTION D'UN CŒUR
ÉMILE VERHAEREN
ÉRASME
FOUCHÉ
LA GUÉRISON PAR L'ESPRIT
HOMMES ET DESTINS
IVRESSE DE LA MÉTAMORPHOSE
LE JOUEUR D'ÉCHECS
JOURNAUX
MARIE STUART
MARIE-ANTOINETTE
LE MONDE D'HIER
PAYS, VILLES, PAYSAGES
PRINTEMPS AU PRATER
LES PRODIGES DE LA VIE
TROIS MAÎTRES (BALZAC, DICKENS, DOSTOÏEVSKI)
TROIS POÈTES DE LEUR VIE
UN MARIAGE À LYON
VINGT-QUATRE HEURES DE LA VIE D'UNE FEMME
VOYAGES
WONDRAK

ESSAIS
ROMANS ET NOUVELLES
ROMANS, NOUVELLES, THÉÂTRE
(La Pochothèque)

STEFAN ZWEIG

La Peur

TRADUIT DE L'ALLEMAND PAR ALZIR HELLA

GRASSET

Stefan Zweig / La Peur

A la publication de La Peur *en France, en 1935, les lecteurs découvrent, après le talent de l'historien et de l'essayiste, celui du conteur. Stefan Zweig était en effet plus connu à l'époque pour ses biographies historiques comme* Fouché *ou* Marie-Antoinette. La Confusion des sentiments, Vingt-quatre Heures de la vie d'une femme, Amok *feront admirer le psychologue, l'analyste du comportement humain, et le merveilleux auteur de nouvelles. Comme dans son roman,* La Pitié dangereuse, *Stefan Zweig est un observateur de génie. Romain Rolland lui attribuait « ce démon de voir et de savoir et de vivre toutes les vies, qui a fait de lui un pèlerin passionné, et toujours en voyage ».*

Zweig lui-même a très bien expliqué ce travail de concentration, qui a donné naissance à ces courts chefs-d'œuvre : « Le désir répété de résumer le destin d'un individu dans un minimum d'espace et — à l'exemple de Maupassant — l'effort fait en vue de donner dans une nouvelle la substance d'un livre. » En 1942, désespéré de voir les succès du nazisme en Europe, Stefan Zweig se suicide en compagnie de sa femme. Aujourd'hui, ses nouvelles constituent la partie la plus vivante, la plus moderne de son œuvre.

Six récits composent le recueil de La Peur *et, chaque fois, le lecteur pénètre dans l'existence d'un être et le découvre dans ses origines et dans ses tares, dans les manifestations inconscientes ou volontaires de sa nature la plus secrète.*

La nouvelle qui donne son titre au livre décrit les plus subtils mouvements de l'âme et de l'esprit d'une femme — grande bourgeoise qui trompe son mari — habitée par la peur.

Dans Révélation inattendue d'un métier, *Zweig repère avec délectation, en se promenant à Paris sur les grands boulevards, un pickpocket en « plein travail ».*

Leporella *est une sorte de réplique d'*Un cœur simple *de Flaubert, mais cette fois la servante est une brute qui tuera sa patronne par dévouement absolu pour son maître.*

Dans La femme et le paysage, *la chaleur accablante d'un soir d'été, où l'orage se fait attendre, prive de conscience une jeune fille dont le seul corps est vivant et que le héros du récit tient dans ses bras.*

Le bouquiniste Mendel, pauvre et inculte mais dont la mémoire a engrangé les titres de milliers de livres, et le collectionneur d'estampes devenu aveugle qui montre des planches invisibles à un marchand dans le dernier récit comptent parmi les caractères les plus étonnants, pitoyables et fascinants créés par Stefan Zweig.

L'auteur, pourtant, est indulgent pour ses modèles mais le conteur est poète, même et surtout lorsqu'il éclaire et précise des impressions fugaces restées dans l'ombre de l'inexprimé.

LA PEUR

de

Lorsque Irène, sortant de l'appartement de son amant, descendit l'escalier, de nouveau une peur subite et irraisonnée s'empara d'elle. Une toupie noire tournoya devant ses yeux, ses genoux s'ankylosèrent et elle fut obligée de vite se cramponner à la rampe pour ne pas tomber brusquement la tête en avant.

Ce n'était pas la première fois qu'elle faisait cette dangereuse visite et ce frisson soudain ne lui était pas inconnu ; toujours, en repartant, malgré sa résistance intérieure, elle succombait sans raison à ces accès de peur ridicule et insensée.

Pour venir au rendez-vous, la chose était infiniment plus facile. Après avoir fait stopper la voiture au coin de la rue, elle franchissait avec rapidité et sans lever la tête les quelques pas qui la séparaient de la porte cochère et montait précipitamment les marches ; cette première crainte où il y avait aussi de l'impatience se fondait dans la chaude étreinte de l'accueil. Mais plus tard, quand elle s'en retournait chez elle, un nouveau frisson mystérieux la parcourait auquel se mêlaient confusément le remords de sa faute et la folle crainte que dans la rue n'importe qui pût lire sur son visage d'où elle venait et répondre à son trouble par un sourire insolent. Déjà les dernières minutes auprès de son amant étaient empoisonnées par l'appréhension de ce qui l'attendait. Quand elle était prête à s'en aller ses mains tremblaient de nervosité, elle n'écoutait plus que distraitement ce qu'il lui disait et repoussait hâtivement ses effusions. Partir, tout en elle ne voulait plus que partir, quitter cet appartement, cette maison, sortir de cette aventure pour rentrer dans son paisible monde bourgeois. Puis venaient les ultimes paroles qui cherchaient en vain à la calmer, et que, dans son agitation, elle n'entendait plus. Et c'était enfin cette seconde où elle écoutait derrière la porte, pour savoir si personne ne montait ou ne descendait l'escalier. Dehors l'attendait déjà la peur, impatiente de l'empoigner et qui lui comprimait si impérieusement le cœur que dès les premières marches elle était essoufflée.

Elle resta ainsi les yeux fermés pendant une minute, respirant avidement la fraîcheur crépusculaire qui flottait dans l'escalier. Soudain, à un étage supérieur, une porte claqua : effrayée, elle se ressaisit et descendit vivement, tout en ramenant contre son visage d'un geste machinal l'épaisse voilette qui le couvrait. Maintenant il y avait encore un moment terrible, il s'agissait de sortir d'une demeure étrangère et de gagner la rue ; elle baissa la tête comme un sportsman qui prend son élan pour sauter et fonça subitement vers la porte cochère entr'ouverte.

Elle heurta une femme qui semblait justement vouloir entrer. « Pardon », fit-elle, troublée, en même temps qu'elle s'efforçait de passer. Mais la personne lui barra la porte de toute sa largeur et la dévisageant avec colère et mépris s'écria d'une voix dure et sans retenue :

— Je vous y attrape enfin. Bien entendu, c'est une honnête femme, une soi-disant honnête femme ! Elle n'a pas assez de son mari, de son argent et de tout ce qu'elle a, il faut encore qu'elle débauche l'ami d'une pauvre fille...

— Pour l'amour de Dieu... Qu'avez-vous ?... Vous vous trompez !... balbutia Irène, tout en tentant avec maladresse de s'échapper ; mais de son corps massif la fille boucha de plus belle l'entrée et cria d'une voix perçante :

— Non, je ne me trompe pas... Je vous connais... Vous venez de chez Edouard, mon ami... Maintenant que je vous y ai enfin prise, je sais pourquoi il a si peu de temps à me consacrer ces derniers jours... C'est à cause de vous... Espèce de... !

— Pour l'amour de Dieu, interrompit Irène d'une voix blanche, ne criez pas comme cela, et involontairement elle recula sous le portail.

La femme la regarda, goguenarde : cette peur qui la faisait vaciller, cette détresse manifeste semblaient l'amuser et elle se mit à examiner sa victime avec un sourire railleur, empreint de satisfaction. Sa voix s'épanouit, devint presque joviale.

— Voilà donc comme elles sont, les femmes mariées, les belles dames distinguées, quand elles nous volent nos hommes ! Elles portent une voilette, une épaisse voilette pour pouvoir, après, jouer à l'honnête femme...

— Quoi ?... Que me voulez-vous ?... Je ne vous connais pas... Il faut que je m'en aille...

— Vous en aller... oui... chez monsieur votre mari, dans un appartement bien chauffé, pour y poser à la grande dame et se faire déshabiller par des domestiques... Ce qu'on fait, nous autres, si on crève de faim ou pas, vous vous en fichez, hein... Ces honnêtes femmes, ça chipe même la seule chose qui nous reste...

Irène s'efforça de se ressaisir, et, obéissant à une vague inspiration, plongea dans son sac et y prit tout l'argent qui lui tomba sous la main. « Tenez, voici... Mais à présent laissez-moi... Je ne reviendrai jamais plus... Je vous le jure. »

Le regard mauvais, la femme empoigna l'argent. « Garce », murmura-t-elle. Irène frémit sous cette insulte, mais voyant que l'autre lui laissait le passage libre, elle se précipita dehors, comme on se jette du haut d'une tour pour se suicider. Elle sentait, en courant, les visages glisser à ses côtés comme des masques grimaçants ; elle atteignit péniblement une voiture arrêtée au coin de la rue. Elle se jeta sur les coussins, comme une masse, puis tout en elle devint immobile et rigide ; lorsque au bout d'un certain temps le chauffeur, étonné, demanda à cette singulière cliente où elle voulait aller, elle le regarda comme ahurie, jusqu'à ce que son cerveau engourdi eût enfin saisi ses paroles. « A la Gare du Sud », lança-t-elle hâtivement ; et soudain, l'idée lui venant que la personne pourrait la suivre : « Vite, vite, dépêchez-vous ! »

C'est seulement alors que la voiture filait qu'elle sentit combien cette rencontre l'avait touchée. Elle joignit ses mains qui pendaient le long de son corps, rigides et glacées comme des choses mortes. Soudain elle se mit à trembler si fort qu'elle en était toute secouée. Une saveur amère lui monta à la gorge, elle éprouva une espèce de nausée, en même temps qu'une fureur aveugle, insensée, lui convulsait la poitrine. Elle eût voulu hurler ou donner des coups de poing pour se délivrer de l'horreur de ce souvenir, enfoncé dans son cerveau comme un hameçon, pour ne plus voir devant elle ce visage méchant avec son rire goguenard, cette bouche malodorante et pleine de haine qui lui avait craché en pleine figure des paroles si infâmes, ce poing rouge dont la femme l'avait menacée. L'envie de vomir la serrait maintenant à la gorge d'autant plus que la voiture, roulant rapidement, la jetait à gauche et à droite ; elle était sur le point de dire au chauffeur de ralentir, lorsqu'elle pensa, qu'ayant donné à la femme presque tout l'argent que contenait son sac, elle n'avait peut-être pas assez pour le payer. Vite, elle lui fit signe de s'arrêter, et, au nouvel étonnement du chauffeur, elle descendit brusquement. Par bonheur ce qui lui restait d'argent suffisait. Mais alors elle se vit seule dans un quartier étranger, au milieu d'un va-et-vient de gens affairés dont chaque geste et chaque regard lui causaient un mal physique. Et voici que ses genoux, comme ramollis par la peur, refusaient de la porter plus loin : il fallait pourtant qu'elle rentrât. Rassemblant ses forces, déployant une énergie surhumaine, elle se contraignit à avancer de rue en rue avec la même difficulté que si elle pataugeait dans un marais ou traversait un champ de neige. Enfin elle arriva devant chez elle et, maîtrisant sa nervosité pour ne pas éveiller l'attention, elle s'élança dans l'escalier.

A présent que la femme de chambre lui enlevait son manteau, qu'elle entendait son petit garçon jouer à côté avec sa sœur cadette et que son regard apaisé voyait partout des objets familiers, Irène reconquérait une apparence de calme, cependant que les vagues souterraines de l'émotion continuaient à battre douloureusement dans sa poitrine tendue. Elle ôta sa voilette, passa la main sur son visage avec le désir intense de paraître naturelle et entra dans la salle à manger où son mari lisait le journal devant la table mise pour le dîner.

— Il est un peu tard, ma chère Irène, fit-il sur un ton de doux reproche. Et se levant il déposa sur sa joue un baiser qui éveilla en elle une pénible sensation. Ils se mirent à table et il demanda avec indifférence, encore tout à son journal : « Où t'es-tu attardée ? »

— J'étais... chez... chez Amélie... elle avait des emplettes à faire... et je l'ai accompagnée, ajouta-t-elle déjà furieuse contre elle-même d'avoir si mal menti. D'ordinaire elle s'armait d'un mensonge bien étudié et pouvant faire face à toutes les possibilités de contrôle, mais aujourd'hui la peur lui avait fait oublier de prendre ses dispositions, d'où cette improvisation malhabile. Si son mari téléphonait à l'amie pour se renseigner, comme dans la pièce de théâtre qu'ils avaient vue récemment ?

— Qu'as-tu donc ?... Tu me parais nerveuse... Pourquoi gardes-tu ton chapeau ? demanda son mari. Elle tressaillit, se sentit de nouveau embarrassée et se précipita dans sa chambre pour l'enlever ; là elle se mira dans la glace jusqu'à ce qu'il lui semblât que son regard inquiet était redevenu calme et sûr. Puis elle rentra dans la salle à manger.

La bonne servit le dîner, et ce fut un soir comme tous les autres, peut-être un peu plus silencieux, un peu plus froid que d'habitude, un soir où la conversation fut terne, pauvre et souvent trébuchante. Les pensées d'Irène revenaient sans cesse en arrière et tressaillaient d'épouvante en parvenant à l'instant où elle était venue buter contre la femme sinistre ; pour se sentir en sécurité, elle levait la tête et son regard caressait les objets qui l'entouraient et dont chacun avait sa signification ou évoquait un souvenir particulier ; alors elle éprouvait un léger apaisement. Et le calme mouvement d'acier de la pendule à travers le silence imprégnait imperceptiblement son cœur de sa cadence régulière.

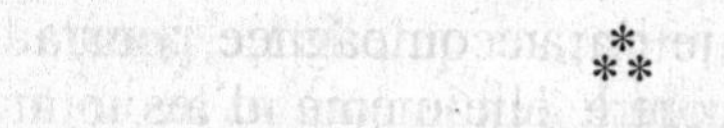

Le lendemain, après le départ de son mari pour ses affaires et de ses enfants pour la promenade, lorsqu'elle fut enfin seule avec elle-même, l'affreuse rencontre, à la lumière d'un clair matin et de la réflexion, perdit beaucoup de son importance. Irène se souvint tout d'abord que sa voilette était très épaisse et que par conséquent il avait été impossible à cette femme de distinguer exactement ses traits. Posément, elle pesa toutes les mesures préventives. En aucun cas elle ne retournerait chez son amant — écartant ainsi la possibilité d'une agression nouvelle. Il ne restait donc que le danger d'une rencontre fortuite, bien invraisemblable, puisqu'elle s'était enfuie en voiture et que la femme ne pouvait l'avoir suivie. Elle ne connaissait ni son nom ni son adresse, et il n'était pas à craindre qu'elle la reconnût après l'avoir vue d'une façon aussi vague. D'ailleurs, même dans le cas contraire, Irène était prête. Comme elle ne serait plus prise dans l'étau de la peur, elle pourrait avoir une attitude calme : elle nierait tout, soutiendrait froidement qu'il s'agit d'une erreur, et comme il n'existait aucune preuve de sa visite elle accuserait éventuellement la femme de chantage. Ce n'était pas en vain qu'Irène était l'épouse d'un des avocats les plus éminents de la ville; elle savait que le chantage ne peut être étouffé que dans le germe et par le plus grand sang-froid; toute hésitation, toute apparence d'inquiétude de la part de la victime ne pouvant qu'accroître l'audace de l'adversaire.

Sa première mesure de défense fut une lettre brève à son amant, annonçant qu'elle ne pourrait venir à l'heure convenue le lendemain ni les jours suivants. Son orgueil était blessé par cette découverte pénible qu'elle avait succédé dans les bras de son amant à une femme d'aussi basse catégorie; pesant ses mots avec haine, elle jouissait de la froideur avec laquelle elle faisait désormais dépendre leurs relations de son bon plaisir.

Elle avait connu ce jeune homme, pianiste réputé, à une soirée et était bientôt devenue sa maîtresse, sans vraiment le vouloir et presque sans le comprendre. Son sang n'avait pas appelé celui de l'autre; rien de sensuel et presque rien de psychique ne l'avait liée à lui ; elle s'était abandonnée sans besoin, sans grand désir, par une certaine paresse de volonté et par une sorte de curiosité inquiète. Rien en elle, ni son sang complètement apaisé par le bonheur conjugal, ni le sentiment, si fréquent chez la femme mariée, de mener une vie intellectuelle rabougrie, ne la poussait à prendre un amant. Blottie paresseusement dans la tranquillité d'une existence bourgeoise et confortable, elle était tout à fait heureuse aux côtés d'un mari fortuné, qui lui était intellectuellement supérieur, et de leurs deux enfants. Mais il est une mollesse de l'atmosphère qui rend plus sensuel que l'orage ou la tempête, une modération du bonheur plus énervante que le malheur. La satiété irrite autant que la faim, et la sécurité, l'absence de danger dans sa vie éveillait chez Irène la curiosité de l'aventure.

Lorsque le jeune artiste entra dans son monde bourgeois où les hommes, d'ordinaire, rendaient hommage à la jolie femme qu'elle était en lui servant de fades plaisanteries et en lui faisant une cour respectueuse, sans véritablement la désirer, elle se sentit, pour la première fois depuis son adolescence, frémir au plus profond d'elle-même. Rien d'autre en lui, peut-être, ne l'avait attirée qu'une ombre de tristesse flottant sur son visage un peu trop régulier. Dans cette mélancolie, étrangère aux gens rassasiés qui l'entouraient, elle avait cru voir un monde supérieur et, involontairement, elle s'était penchée au-dessus de sa vie quotidienne pour le contempler. Un mot d'éloge, prononcé sans doute avec plus d'ardeur qu'il n'eût été convenable, fit lever la tête de l'artiste vers son admiratrice. Et ce premier regard, déjà, empoigna Irène. Un frisson de peur et de volupté la parcourut ; une conversation, où tout lui semblait illuminé et chauffé à blanc par des flammes souterraines, occupa et excita ensuite sa curiosité déjà éveillée au point qu'elle ne chercha pas à éviter une nouvelle rencontre à un concert public. Ils se revirent souvent, et bientôt ce ne fut plus l'effet du hasard. Fière de tellement intéresser un véritable artiste, de le comprendre et de le conseiller, comme il l'en assurait sans cesse, elle céda étourdiment quelques semaines plus tard au désir qu'il lui exprima de jouer sa nouvelle œuvre chez lui, pour elle, pour elle seule. Promesse peut-être à demi sincère, mais bientôt noyée sous les baisers et finalement oubliée dans l'abandon surpris d'Irène. Le premier sentiment de celle-ci fut l'effroi devant la tournure sensuelle inattendue qu'avaient prise leurs rapports : le charme de leurs relations était brusquement rompu, et le chatouillement vaniteux d'avoir renié, par une décision qu'elle croyait sienne, le monde bourgeois où elle vivait, ne calmait que partiellement le remords de l'involontaire adultère. Sa vanité changea en orgueil le frisson de la faute qui l'avait effrayée les premiers jours. Mais tout cela n'eut vraiment de valeur qu'au début. L'instinct d'Irène s'opposait à cet homme, et surtout à cet élément nouveau, particulier, qu'elle sentait en lui et qui avait séduit sa curiosité. Si son jeu la grisait, dans l'intimité sa passion la troublait ; au fond, elle n'aimait guère ces étreintes brusques et impérieuses dont elle comparait sans le vouloir la rudesse tyrannique aux gestes tendres de son mari, que les années de mariage n'avaient pas rendu moins délicat. Mais une fois tombée dans l'infidélité, elle revenait encore et toujours au pianiste, ni comblée ni déçue, par une sorte de devoir, par habitude. Quelques semaines plus tard, elle avait déjà assigné à son jeune amant une place bien définie dans son existence et lui accordait un jour par semaine, comme à ses beaux-parents ; mais cette nouvelle relation ne l'avait fait renoncer à rien de son ancien système de vie ; au contraire, elle y avait ajouté quelque chose. Bientôt l'amant devint un supplément de bonheur, tel un troisième enfant ou une nouvelle voiture, et sa liaison lui parut aussi banale que l'amour permis.

Aujourd'hui que le danger était là, qu'elle allait devoir payer le prix de son aventure, elle se mit à en calculer mesquinement la valeur. Gâtée par le sort, dorlotée par sa famille, presque sans désirs du fait de sa richesse, elle se sentait déjà meurtrie par ce premier désagrément. Tout de suite elle se refusa d'abandonner quoi que ce fût de son insouciance morale et fut prête à sacrifier sans hésitation son amant à ses aises.

La réponse de celui-ci, une lettre effrayée, nerveuse, hachée, apportée le même jour par un messager, une lettre qui implorait, se lamentait et accusait, ébranla cependant sa décision de mettre fin à l'intrigue. La violence de cet amour flattait sa vanité, ce désespoir sans bornes la ravissait. De la façon la plus pressante son amant la suppliait de lui accorder un entretien, si bref fût-il, afin qu'il pût au moins connaître sa faute, au cas où il l'aurait blessée sans le savoir. Alors un jeu nouveau la tenta : bouder sans explications pour être encore plus désirée. Elle lui fixa un rendez-vous dans une confiserie, où elle se souvint tout à coup avoir rencontré un acteur, lorsqu'elle était jeune fille. Il est vrai que cette rencontre candide et pure de naguère lui semblait à présent puérile. Elle souriait intérieurement en pensant au romantisme qui refleurissait dans sa vie, après s'être desséché dans le mariage. Au fond, elle était presque contente de l'histoire de la veille qui lui avait fait éprouver, pour la première fois depuis bien longtemps, un sentiment vrai, d'une telle force, d'une telle intensité que ses nerfs, d'ordinaire plutôt détendus, en palpitaient encore souterrainement.

Elle mit une robe sombre et discrète et changea de chapeau, pour que la mégère ne la reconnût pas au cas où elle se trouverait encore sur son chemin. Elle avait déjà préparé sa voilette pour mieux dissimuler son visage, mais une sorte de bravade la lui fit soudain dédaigner. Quoi, n'oserait-elle donc plus se montrer dans la rue, elle, une femme estimée et respectée, par peur d'une quelconque fille qui ne la connaissait même pas ?

Ce n'est que dehors qu'elle éprouva une légère angoisse, une espèce de frisson nerveux, analogue à celui que ressent le baigneur lorsqu'il trempe son pied dans l'eau avant de s'abandonner aux flots. Mais cela ne dura qu'une seconde ; tout à coup monta en elle une joie curieuse, la joie de marcher d'un pas vif, léger et élastique qu'elle ne se connaissait pas encore. Elle regrettait presque que le salon de thé fût si près, car une volonté inconnue la poussait vers l'attrait magnétique de l'aventure. Mais l'heure du rendez-vous était proche et son cœur lui disait que son amant l'attendait déjà. Quand Irène franchit le seuil de la confiserie, il était assis dans un coin et il bondit vers elle avec une agitation qui lui fut à la fois agréable et pénible. Il lui lança dans son désarroi un tel tourbillon de questions et de reproches qu'elle dut le prier de baisser la voix. Sans même indiquer la vraie cause de son absence à leur dernier rendez-vous, elle fit des allusions dont l'imprécision l'enflammait encore plus. Elle demeura inaccessible à ses désirs, avare même de promesses, car elle se rendait compte combien il était excité par ce subit et mystérieux refus... Et lorsque, après une demi-heure d'entretien ardent, elle le quitta sans lui avoir accordé la moindre marque de tendresse, elle brûlait intérieurement d'un feu étrange qu'elle n'avait connu que jeune fille. Elle croyait éprouver au plus profond d'elle-même le picotement d'une petite flamme prête à embraser tout son corps. Elle recueillait en passant tous les regards des hommes et ce succès inattendu excita si fort en elle le désir de voir son visage qu'elle s'arrêta soudain devant la vitrine d'un fleuriste pour s'admirer dans un cadre de roses rouges et de violettes scintillantes de rosée. Depuis son adolescence elle ne s'était pas sentie aussi légère et ses sens n'avaient pas été aussi éveillés ; ni les premiers jours du mariage ni les étreintes de l'amant n'avaient pareillement aiguillonné sa chair, et la pensée lui parut insupportable de prodiguer à des heures réglées cette légèreté extraordinaire, cette suave griserie de son sang. Devant chez elle, elle s'arrêta, hésitante, pour aspirer encore une fois, à pleins poumons, l'air embrasé, le trouble de l'heure, pour sentir refluer au plus profond d'elle-même la dernière vague de l'aventure.

Quelqu'un, alors, lui toucha l'épaule. Elle se retourna.

— Que... que me voulez-vous donc de nouveau ? balbutia-t-elle, saisie d'un effroi mortel en apercevant tout à coup le visage odieux de la femme redoutée. Son épouvante grandit encore en s'entendant dire ces paroles funestes. Elle s'était pourtant promis de ne pas la reconnaître si elle la rencontrait, de nier tout, de faire front à la coquine. Maintenant il était trop tard.

— Il y a déjà une demi-heure que je vous attends, madame Wagner.

Irène tressaillit. Cette personne savait son nom, son adresse. Tout était perdu, elle était entre ses mains, pieds et poings liés.

— Oui, déjà une demi-heure, madame Wagner, répéta la femme sur un ton de reproche et de menace.

— Que voulez-vous ?... Que me voulez-vous ?...

— Vous le savez bien, madame Wagner — Irène frémit de nouveau en entendant prononcer son nom —, vous savez parfaitement pourquoi je viens.

— Je ne l'ai plus revu... Laissez-moi, à présent... Je ne le verrai jamais plus... jamais.

La femme attendit tranquillement que l'émotion d'Irène l'empêchât de parler. Puis elle lui dit rudement, comme à une subordonnée :

— Ne mentez pas ! Je vous ai suivie jusqu'à la

pâtisserie. Et lorsqu'elle vit Irène sans défense, elle ajouta, railleuse : « Je n'ai pas d'occupation, moi ! On m'a congédiée du magasin, à cause du chômage et de la crise. Alors, dame ! j'en profite pour me balader un peu... tout comme les honnêtes femmes. »

Elle dit cela avec une méchanceté froide qui frappa Irène au cœur. Elle se sentait impuissante devant une pareille brutalité et de plus en plus elle craignait que cette fille ne se mît à élever la voix ou que son mari ne vînt à passer : tout, alors, serait perdu ! Elle fouilla hâtivement dans son sac, y prit sa bourse dont elle sortit l'argent.

Mais cette fois la main insolente ne s'abaissa pas humblement au contact des billets ; elle demeura tendue et ouverte comme une serre.

— Donnez-moi aussi la bourse pour que je ne perde rien, fit la bouche goguenarde avec un petit rire gloussant.

Irène la regarda dans les yeux, mais pendant une seconde seulement. Elle ne pouvait supporter cette ironie grossière et effrontée. Un profond dégoût l'envahissait. Elle ne voulait plus qu'une chose : s'en aller pour ne plus voir cette tête ! Elle tendit sa bourse en détournant le visage et se précipita dans l'escalier, traquée par la terreur.

Son mari n'étant pas encore rentré, elle se jeta sur le sofa et y demeura étendue, immobile, comme assommée. Ce n'est qu'en entendant la voix de l'avocat qu'elle fit un effort suprême pour se redresser et se traîner dans l'autre pièce, l'esprit absent, avec des gestes d'automate.

⁂

La terreur s'était installée chez elle et ne quittait pas l'appartement. Durant les longues heures vides qui faisaient sans cesse refluer à sa mémoire les images de l'épouvantable rencontre, elle se rendait parfaitement compte que sa situation était tragique. Cette personne, sans qu'elle comprît comment, avait déniché son nom et son adresse, et maintenant que ses premières tentatives avaient si bien réussi, elle exploiterait régulièrement sa découverte sans reculer devant aucun moyen. Elle serait son cauchemar; aucun effort, même le plus désespéré, ne saurait l'en délivrer, car tout en possédant des biens et en étant l'épouse d'un homme riche, Irène ne pouvait disposer, sans que celui-ci le sût, d'une somme assez importante pour se débarrasser d'elle une fois pour toutes. De plus — elle le savait par le récit de son mari et par ses procès — les promesses de gens aussi malhonnêtes et indignes, les accords passés avec eux n'ont aucune valeur. Elle calculait qu'elle réussirait encore à écarter la catastrophe pendant un mois ou deux, puis l'édifice de son bonheur domestique s'effondrerait. La certitude qu'elle entraînerait la coquine dans sa ruine n'était pour elle qu'une bien maigre satisfaction.

Le malheur, elle le sentait maintenant avec une netteté effroyable, était inévitable, la délivrance impossible. Mais... mais... que se passerait-il ? Elle s'accrochait à cette question du matin au soir. Un jour une lettre arriverait pour son mari ; elle le voyait déjà entrer, pâle, le regard sombre, la prendre par le bras, la questionner... Mais alors... Que se passerait-il ? Que ferait-il ? Là, les images disparaissaient soudain dans les ténèbres d'une peur confuse et épouvantable. Elle ignorait la suite et ses suppositions s'écroulaient dans un gouffre vertigineux. Au cours de ces méditations elle ne se rendait compte avec horreur que d'une seule chose : combien peu, au fond, elle connaissait son mari, combien il lui était impossible de calculer d'avance ses décisions. Elle l'avait épousé sur le désir de ses parents, sans opposition, même avec une agréable sympathie que les années n'avaient pas déçue ; elle avait vécu à ses côtés huit années de bonheur calme et insouciant, ils avaient des enfants, un chez eux, d'innombrables heures de communion charnelle, mais à l'instant où elle se demandait quelle serait l'attitude de son mari, elle s'apercevait qu'il lui demeurait inconnu. Maintenant seulement elle se mettait à chercher dans sa vie certains traits pouvant mettre en lumière son caractère. Sa peur frappait, hésitante, à la porte de chaque petit souvenir, pour trouver l'entrée secrète du cœur de son mari. Et comme ses paroles ne le trahissaient pas, elle questionna son visage, mis en relief par la lumière électrique, un jour qu'il était assis dans son fauteuil, lisant un livre. Elle le scrutait comme s'il se fût agi du visage d'un étranger, cherchant à arracher à ces traits familiers, subitement redevenus lointains, le caractère que huit années de communauté avaient caché à son indifférence. Le front était noble et clair, comme moulé par un puissant effort spirituel ; la bouche, en revanche, était sévère et sans indulgence. Tout était tendu dans ses traits virils, pénétrés d'énergie et de force. Mais les yeux qui recelaient sans doute le vrai mystère étaient baissés sur le livre et cachés à son examen. Elle ne pouvait que fixer d'un regard interrogateur le profil, comme si cette courbe exprimait un mot de grâce ou de condamnation — ce profil étrange dont la dureté l'effrayait, mais dont la fermeté, pour la première fois, lui révélait une singulière beauté. Elle sentit soudain qu'elle le regardait volontiers, avec joie et fierté. Il leva la tête. Vite, elle se retira dans l'obscurité, pour que l'interrogation brûlante de ses yeux n'allumât pas de soupçons.

Depuis trois jours elle n'avait pas quitté la maison. Déjà, elle remarquait avec une sorte de malaise que sa présence, soudain constante, éveillait l'attention de son entourage, car d'ordinaire il était rare que s'écoulât une journée ou même plusieurs heures sans qu'elle sortît.

Les premiers à s'apercevoir du changement furent ses enfants, surtout l'aîné qui lui exprima son étonnement avec une candeur gênante ; les domestiques se contentèrent de chuchoter entre eux et d'échanger toutes sortes de suppositions avec la gouvernante. En vain Irène s'efforçait-elle de motiver sa surprenante présence par les raisons les plus diverses, parfois bien trouvées, concernant les nécessités du ménage ; dès qu'elle tentait d'aider le service, elle gênait et, si elle persistait, elle éveillait des soupçons. De plus, elle n'avait pas l'habileté de se rendre moins visible par une sage réserve et de demeurer tranquillement dans sa chambre à lire ou à travailler ; la peur qui se transformait chez elle, comme tout sentiment intense, en nervosité, la chassait d'une pièce dans l'autre. A chaque coup de sonnette, à chaque appel téléphonique, elle sursautait et sentait toute son existence paisible se déchirer et s'effondrer. Son impuissance lui donnait une idée de ce que pouvait être la ruine d'une vie. Ces trois journées de prison dans son appartement lui parurent plus longues que les huit années de son mariage.

Le troisième jour elle devait se rendre à une invitation, acceptée depuis des semaines et qu'il était impossible à présent de refuser sans raison valable. D'ailleurs il fallait bien, si elle ne voulait pas en mourir, qu'elle brisât un jour ou l'autre ces invisibles barreaux de terreur qui emprisonnaient sa vie. Elle avait besoin de voir du monde, de quelques heures de repos loin d'elle-même, loin de cette solitude meurtrière de la peur. Et puis, où serait-elle plus en sécurité que dans une maison étrangère, chez des amis ? Où serait-elle mieux abritée contre la persécution invisible qui rôdait autour d'elle ? Seul la fit frémir le bref instant où elle sortit de chez elle pour la première fois depuis sa rencontre avec cette fille qui pouvait encore la guetter dans la rue. Involontairement elle saisit le bras de son mari, ferma les yeux et gagna rapidement la voiture qui l'attendait ; lorsque l'auto se mit à rouler à travers les rues nocturnes et désertes, le poids qui écrasait Irène tomba. Et en montant les marches de la maison étrangère, elle se sentit à l'abri. Pendant quelques heures elle allait pouvoir être telle qu'elle avait été toute sa vie : gaie, insouciante ; sa gaieté, sa joie serait même plus grande, plus consciente, car elle serait celle du prisonnier qui sort de son cachot et revoit le soleil. Ici un mur la défendait contre tout tourment, la haine ne pouvait l'atteindre, il n'y avait que des gens qui l'estimaient, l'honoraient, l'aimaient, des gens du monde, sans intentions mauvaises, rayonnants de frivolité, voluptueux comme elle-même à présent. Car en entrant les regards dirigés sur elle lui avaient fait sentir qu'elle était belle, et elle le devint encore plus parce qu'elle en avait conscience, ce qui n'était pas le cas autrefois. La musique, à côté, la tentait et s'infiltrait sous sa peau brûlante. Les danses commencèrent, et, sans le savoir, elle virevoltait déjà. Elle dansa comme jamais elle n'avait dansé. Ce tournoiement la délivrait de toute oppression, le rythme gagnait ses membres et donnait à son corps des inflexions ardentes. Lorsque les instruments se taisaient, le silence lui était douloureux, l'énervement embrasait sa chair frémissante, et aussitôt que la musique reprenait elle se précipitait de nouveau dans le tourbillon comme dans un bain, dans une eau rafraîchissante, apaisante, élastique. Elle n'avait jamais été qu'une danseuse médiocre, trop mesurée, trop réfléchie, trop prudente dans ses mouvements, mais la griserie de la joie retrouvée lui faisait ignorer ce soir-là toute barrière. La chaîne d'acier, faite de réserve et de pudeur, qui d'ordinaire maintenait dans certaines limites ses passions les plus folles, s'était rompue brusquement et elle se laissait aller à un abandon effréné, total, bienheureux. Elle sentait autour d'elle des bras et des mains fiévreux, des frôlements, des attouchements, le souffle de paroles enflammées, de rires excités, cependant que la musique faisait palpiter son sang. Son corps était si tendu que ses vêtements la brûlaient et qu'elle eût aimé, inconsciemment, arracher tous ses voiles pour que pénétrât plus profondément en elle cette griserie sans bornes.

— Irène, qu'as-tu ?

Toute chaude encore de l'étreinte de son danseur, elle se retourna, chancelante et rieuse. Le regard dur et froid de son mari la bouleversa. Elle eut peur. S'était-elle montrée trop passionnée, sa frénésie l'avait-elle trahie ?

— Qu'est-ce ?... que veux-tu dire, Fritz ? balbutia-t-elle devant ce regard qui plongeait en elle comme un poignard. Elle eût voulu crier tant il lui fouillait le cœur.

— Bizarre, murmura-t-il enfin, d'une voix sourde et étonnée.

Elle n'osa pas demander ce qu'il entendait par là. Mais un frisson la parcourut lorsqu'il se détourna et qu'elle vit ses larges et fortes épaules saillir puissamment sous une nuque de fer. « Les épaules d'un assassin », telle fut la pensée démente qui ne fit d'ailleurs que traverser son cerveau. Comme si elle voyait son mari pour la première fois, elle se disait avec terreur qu'il était fort et redoutable.

La musique recommença. Un monsieur s'avança vers Irène, elle accepta son bras. Mais tout en elle était redevenu lourd et la claire mélodie n'entraînait plus ses membres ankylosés. Un poids venant du cœur alourdissait ses jambes ; chaque pas lui faisait mal. Elle dut prier son danseur de lui rendre sa liberté. En reculant elle regarda distraitement où était son mari. Il était debout derrière elle, comme s'il l'attendait, et son regard, encore une fois, heurta celui d'Irène. Que lui voulait-il? Savait-il déjà quelque chose? Inconsciemment elle ramena sa robe sur elle comme pour abriter sa poitrine nue. Le silence de son mari était aussi tenace que son regard.

— Est-ce que nous partons? demanda-t-elle d'un air craintif.

« Oui. » Sa voix était dure et hostile. Il la précéda. De nouveau elle vit la nuque puissante et menaçante. Elle s'enveloppa dans son manteau de fourrure, mais elle gelait. Le retour fut silencieux. Elle n'osa pas ouvrir la bouche. Elle sentait sourdement qu'un autre danger la menaçait. Maintenant, elle était encerclée.

Cette nuit-là, elle fit un rêve pénible. Une musique résonnait dans une salle haute et claire; elle entra, beaucoup de gens et de couleurs se mêlaient à ses mouvements; un jeune homme qu'elle croyait connaître, sans toutefois pouvoir mettre un nom sur son visage, se fraya un passage vers elle, lui prit le bras et la fit danser. Un doux bien-être l'envahissait, une vague de musique la soulevait, elle ne sentait plus le parquet sous ses pieds, et c'est ainsi qu'ils traversèrent en dansant beaucoup de salles, où des lustres d'or très élevés scintillaient comme des étoiles et où une succession de glaces lui renvoyaient son sourire qu'elles reflétaient en même temps à l'infini. La musique devenait de plus en plus ardente, la danse de plus en plus passionnée. A présent le jeune homme l'enlaçait étroitement et sa main s'enfonça si fort dans le bras d'Irène qu'elle gémit de douleur et de volupté. Maintenant que ses yeux plongeaient dans ceux de son partenaire, elle crut le reconnaître. C'était un acteur qu'elle avait follement aimé dans son adolescence. Déjà tout enivrée, elle allait lancer un nom, mais il étouffa son léger cri sous un baiser brûlant. Ainsi, les lèvres unies, le corps fondu en une seule flamme, ils volaient à travers les salles, comme portés par un vent suave. Les murs s'effaçaient devant eux ; sa chair délivrée ne sentait plus de plafond au-dessus d'elle, l'heure était indiciblement légère. Soudain quelqu'un effleura son épaule. Elle s'arrêta ; la musique aussi ; les feux s'éteignirent, les murs se reformèrent devant elle, sinistres ; le danseur avait disparu. « Rends-le-moi, voleuse ! » hurla l'horrible femme, car c'était sa voix perçante qui résonnait et ses doigts qui s'accrochaient au poignet d'Irène. Celle-ci se débattit et poussa un cri, une folle et stridente clameur d'épouvante ; elles luttèrent, mais la femme était la plus forte, elle lui arracha son collier de perles ainsi que la moitié de sa robe, mettant à nu ses bras et ses seins sur lesquels pendaient des lambeaux d'étoffe. Les gens étaient subitement revenus. Ils accouraient de toutes les salles en un vacarme épouvantable qui grossissait sans cesse et maintenant leurs yeux ne se détachaient plus d'Irène, tandis que la femme hurlait : « Elle me l'a volé, la garce, la putain. » Elle ne savait où se mettre, de quel côté se tourner, car les gens se rapprochaient de plus en plus et des regards curieux et enflammés fouillaient sa nudité ; soudain, alors que ses yeux affolés cherchaient le salut, elle aperçut son mari, immobile dans le cadre noir de la porte, la main droite dissimulée derrière le dos. Elle poussa un cri et s'enfuit; elle courait à travers les salles, la foule lubrique, déchaînée, à ses trousses; elle sentait sa robe glisser peu à peu, à peine pouvait-elle encore la retenir. Une porte s'ouvrit devant elle, elle se précipita dans l'escalier, mais en bas la terrible femme au jupon de laine et aux mains griffues l'attendait encore. Elle fit un bond de côté et se jeta, délirante, dans l'espace; l'autre se lança à sa poursuite, et toutes deux galopèrent dans la nuit, le long des rues silencieuses, sous les réverbères grimaçants. Les sabots de la femme claquaient toujours derrière Irène, qui, à chaque tournant, la voyait bondir à sa poursuite. Multipliée à l'infini, elle surgissait partout pour l'agripper. Irène, dont les genoux commençaient à fléchir, fut enfin devant sa maison; elle se précipita sur la porte, mais lorsqu'elle l'ouvrit elle vit son mari, un couteau à la main; son regard perçant ne la quittait point. « D'où viens-tu? » demanda-t-il sourdement. « De nulle part », s'entendit-elle répondre; en même temps un rire strident éclatait à son côté. « Je l'ai vue! Je l'ai vue! » clamait la femme, auprès d'elle, avec un rire dément. Son mari brandit le couteau. « Au secours! » cria Irène. « Au secours! »

Elle se souleva et son regard épouvanté plongea dans celui de son mari. « Qu'y a-t-il? Que se passe-t-il? » Elle était dans sa chambre, la lampe versait une lueur blafarde, elle était chez elle, dans son lit, elle avait rêvé. Mais pourquoi son mari était-il assis au bord du lit et la regardait-il comme si elle était malade? Qui avait allumé l'électricité? Pourquoi était-il si grave, si froid? Un frisson la parcourut. Involontairement elle regarda la main de son mari : non, cette main ne tenait pas de couteau. Lentement, l'hypnose du sommeil et ses images fulgurantes la quittèrent. En rêvant, elle avait dû crier et le réveiller. Mais pourquoi les yeux de son mari avaient-ils cette pénétrante fixité?

— Qu'y a-t-il... Qu'y a-t-il donc? Pourquoi me regardes-tu comme cela? Je crois que j'ai fait un mauvais rêve.

— Oui, tu as crié. Je t'ai entendue de l'autre pièce.

Qu'ai-je crié, qu'ai-je dit? se demanda-t-elle avec angoisse. Que sait-il à présent? A peine osait-elle encore le regarder dans les yeux. Mais il la considérait toujours gravement, avec un calme remarquable.

— Qu'as-tu, Irène? Il se passe quelque chose en toi. Tu es toute changée depuis quelques jours, tu es distraite, nerveuse et tu appelles au secours dans ton sommeil.

Elle s'efforça encore de sourire.

— Il ne faut rien me cacher. As-tu des soucis? dit-il. Quelque chose te tourmente-t-il? Tout le monde dans la maison s'est aperçu de ton changement. Aie confiance en moi, Irène.

Il se rapprocha doucement d'elle d'une façon imperceptible, elle sentit ses doigts caresser son bras nu; une lumière étrange brillait dans les yeux de son mari. A ce moment elle eut le désir de se serrer contre son corps, de s'y cramponner, de confesser tout et de ne pas le lâcher avant qu'il n'eût pardonné.

Mais la lampe éclairait son visage d'une lueur blanche et elle avait honte. Elle craignait de parler.

— Ne sois pas inquiet, Fritz, dit-elle, s'efforçant toujours de sourire, tandis qu'un tremblement secouait son corps de la tête aux pieds. Je suis simplement un peu énervée. Cela passera.

La main qui l'enlaçait déjà se retira. Elle frémit en voyant son mari si pâle sous la lumière blême, le front assombri par les lourdes ombres de noires pensées. Lentement, il se redressa.

— Je ne sais pas, mais il me semblait que tous ces jours-ci tu avais quelque chose à me dire. Quelque chose qui ne regarde que toi et moi. Parle, Irène, nous sommes seuls.

Elle était là immobile, comme hypnotisée par son regard grave et voilé. Tout serait bien, se disait-elle, si seulement je prononçais un mot, un petit mot : Pardon. Il n'en demanderait pas la raison. Mais pourquoi la lumière brûlait-elle, cette lumière éclatante, insolente, qui les épiait ? Dans l'obscurité, elle aurait pu parler. Mais la clarté brisait sa volonté.

— Alors ? N'as-tu vraiment rien, mais rien à me dire ?

Que la tentation était forte, que sa voix était douce ! Jamais elle ne l'avait entendu parler ainsi. Maudite et indiscrète lumière !

Elle se ressaisit.

— Que t'imagines-tu donc, Fritz, fit-elle en riant, effrayée elle-même par sa voix de fausset. Parce que je ne dors pas bien, tu crois que j'ai des secrets ? Qui sait, des aventures, peut-être ?

Le son faux et hypocrite de ses paroles la faisait

frissonner; elle avait horreur d'elle-même! Elle détourna les yeux.

« Allons, dors bien. » Il avait dit cela d'une voix brève, d'une tout autre voix, — menaçante ou railleuse.

Puis il éteignit la lumière. Elle vit son ombre disparaître, — fantôme nocturne et silencieux. Quand la porte se referma il lui sembla que retombait le couvercle d'un cercueil. Le monde entier lui paraissait mort, seul son cœur, au fond de son corps glacé, battait farouchement dans le vide, et chaque battement augmentait sa souffrance.

Le lendemain, lorsqu'ils s'attablèrent pour le dîner, — les enfants venaient de se disputer et n'avaient pu être calmés qu'à grand'peine, — la femme de chambre apporta un pli. « Pour madame, on attend la réponse. » Etonnée, Irène regarda l'écriture étrangère, décacheta fébrilement le pli et se mit à pâlir.

D'un bond, elle fut debout, mais elle s'alarma bien davantage en se rendant compte, devant l'étonnement de tout le monde, que son attitude maladroite la trahissait.

La lettre était brève. Deux lignes : « Prière de remettre au porteur de ce mot cent couronnes. » Pas de signature, pas de date, rien que cet ordre impérieux dont l'écriture était visiblement déguisée. Irène se précipita dans sa chambre pour y prendre de l'argent, mais elle avait égaré la clef de son coffret; elle se mit à secouer et à fouiller avec fièvre tous ses tiroirs jusqu'à ce qu'elle l'eût retrouvée. Toute tremblante, elle mit la somme dans une enveloppe et alla la porter elle-même au messager qui attendait devant la porte. Elle fit tout cela avec des gestes de somnambule, sans réflexion, sans hésitation. Puis, au bout de deux minutes d'absence, elle revint dans la salle à manger.

Personne ne parlait. Elle se rassit avec une gêne craintive, s'apprêtant à donner une vague et rapide explication, lorsqu'elle s'aperçut avec une indicible épouvante que dans son émoi elle avait laissé la lettre ouverte à côté de son assiette. Sa main tremblait si fort qu'elle dut vite reposer sur la table le verre qu'elle venait de prendre. D'un mouvement furtif, elle chiffonna le papier, mais au moment où elle le dissimulait, elle rencontra le regard de son mari : un regard grave, douloureux, pénétrant, qu'elle ne lui connaissait pas d'habitude. Depuis quelques jours seulement la méfiance de ces yeux déchaînait en elle de subites secousses qu'elle ne pouvait maîtriser et qui l'ébranlaient jusqu'aux entrailles. C'est avec des yeux semblables qu'il l'avait regardée lorsqu'elle dansait ; c'est ce même regard qui, la nuit précédente, avait étincelé au-dessus d'elle pendant son sommeil comme la lame d'un couteau. Pendant qu'elle cherchait à dire quelque chose un souvenir depuis longtemps oublié lui revint à l'esprit. Un jour son mari lui avait raconté qu'il avait connu un juge d'instruction dont l'art, au cours de l'interrogatoire, était d'examiner le dossier en simulant la myopie, pour tout à coup, au moment décisif, lever les yeux avec la rapidité de l'éclair et les enfoncer comme un poignard dans ceux de l'accusé. Ce dernier, devant un regard aussi foudroyant, perdait aussitôt contenance et ne pouvait plus cacher la vérité. Recourait-il lui-même à présent à cet art dangereux et allait-elle être sa victime ? Elle frémit d'autant plus qu'elle n'ignorait pas la passion de son mari pour les choses de la psychologie, passion qui dépassait de beaucoup les exigences de son métier. Il mettait la même ardeur à étudier une affaire que d'autres à jouer ou à rechercher les aventures amoureuses. Et à ces moments-là on eût dit qu'il était sous pression ; la nervosité le faisait souvent se lever la nuit pour feuilleter des dossiers, mais le jour elle rendait son masque froid comme l'acier ; il buvait et mangeait peu, fumait sans discontinuer, semblait épargner ses mots pour la séance du tribunal. Elle avait assisté une seule fois à une plaidoirie de son mari et s'en était tenue là tant l'avaient effrayée la passion farouche, presque furieuse de son discours, les traits sombres et durs de son visage qu'elle croyait soudain revoir dans ce regard fixe sous les sourcils menaçants.

Ces souvenirs lointains, affluant subitement à son cerveau, barrèrent la voie aux paroles prêtes à sortir de ses lèvres. Elle demeura muette et son trouble était d'autant plus grand qu'elle sentait le danger de ce silence. Heureusement, le repas fut vite terminé et les enfants bondirent dans la nursery cependant que la gouvernante s'efforçait en vain de mettre une sourdine au diapason de leurs voix claires et joyeuses. Son mari se leva aussi et, sans se retourner, gagna d'un pas lourd la pièce voisine.

Dès qu'elle fut seule, elle sortit de son corsage

la lettre fatale et la relut : « Prière de remettre cent couronnes au porteur de ce mot. » Puis de fureur elle la déchira en morceaux qu'elle s'apprêtait à jeter au panier; mais soudain, réfléchissant, elle s'arrêta, se pencha au-dessus de la cheminée et les lança dans le feu crépitant. L'avidité dévorante de la flamme blanche la tranquillisa.

A cet instant elle entendit le pas de son mari qui revenait. Vite elle se redressa, le visage rouge de chaleur et de confusion. La porte du poêle, encore ouverte, la trahissait; maladroitement, elle chercha à la masquer de son corps. Il s'approcha de la table, frotta une allumette pour allumer son cigare, et lorsque la flamme éclaira son visage elle crut voir palpiter ses narines, ce qui chez lui était signe de colère. La regardant alors avec calme il lui dit : « Tu sais que tu n'es pas obligée de me montrer tes lettres. Si tu veux avoir des secrets tu es tout à fait libre. » Elle resta silencieuse, sans oser le regarder. Il attendit un instant, lança devant lui une forte bouffée de fumée et quitta lentement la pièce.

Elle ne voulait plus penser à rien, elle ne voulait plus que vivre, s'étourdir, occuper son esprit à des choses vides et dénuées de sens. Elle ne pouvait plus rester chez elle; il lui fallait, elle le sentait, aller dans la rue, parmi les gens, pour ne pas devenir folle de terreur. Avec ses cent couronnes, elle espérait avoir acheté sa liberté pour quelques jours et elle décida de sortir; elle avait des courses à faire et de plus il fallait effacer ce que sa conduite avait eu de surprenant. De la porte d'entrée, comme d'un plongeoir, elle se jeta, les yeux fermés, dans le torrent de la rue. Une fois le dur pavé sous les pieds et le flot ardent de la foule à ses côtés, elle se mit à marcher droit devant elle, avec nervosité, aussi vite que pouvait le faire une dame sans risquer d'attirer l'attention, tête baissée et dévorée par la crainte compréhensible de rencontrer de nouveau le dangereux regard de la maudite femme. Si elle était filée, elle voulait tout au moins n'en rien savoir. Et pourtant elle sentait qu'elle ne pouvait songer à rien d'autre et tressaillait chaque fois que quelqu'un, par hasard, l'effleurait.

Un monsieur la salua. Levant les yeux, elle reconnut un ancien ami de la famille, un homme d'un certain âge, aimable mais bavard et que d'ordinaire elle évitait parce qu'il avait l'habitude d'importuner les gens pendant des heures avec ses petits malaises physiques, peut-être imaginaires, d'ailleurs. Aujourd'hui elle regrettait d'avoir simplement répondu à son salut sans chercher à se faire accompagner, car sa présence l'eût protégée contre une attaque inopinée de sa persécutrice. Elle hésita, voulut retourner sur ses pas, mais soudain il lui sembla que quelqu'un, derrière elle, cherchait à la rattraper. Sans réfléchir, elle fonça en avant. Mais son intuition, aiguisée par la peur, lui disait que son poursuiveur lui aussi activait le pas ; Irène n'en continuait pas moins d'aller toujours plus vite tout en sachant qu'elle finirait par être vaincue dans cette lutte. Ses épaules se mirent à trembler — le pas se rapprochait de plus en plus — en pensant à la main qui, dans un instant, se poserait sur elle ; mais plus elle voulait se hâter plus ses genoux devenaient lourds. La personne était tout près d'elle, elle le sentait. « Irène », appela doucement, bien qu'avec énergie, une voix qu'elle ne reconnut point tout d'abord, mais qui, en tout cas, n'était pas celle qu'elle craignait, celle de l'odieuse messagère de malheur. Elle se retourna en poussant un soupir de soulagement : c'était son amant, qui se cogna presque contre elle, tellement avait été brusque sa volte-face. Le visage de l'homme était pâle, troublé, empreint d'émotion et aussi de gêne à présent devant le regard affolé d'Irène. Il tendit une main incertaine et la laissa retomber car elle n'avançait pas la sienne. Elle le dévisagea pendant une ou deux secondes, elle s'attendait si peu à lui. Elle l'avait oublié pendant ces jours d'angoisse. Mais maintenant, en voyant de près son visage pâle et interrogateur, avec cette expression de vide que met au fond des prunelles toute incertitude, la rage écuma en elle. Les lèvres tremblantes d'Irène n'arrivaient pas à dire un mot et sa surexcitation était si visible que l'amant ne put, effrayé, que balbutier :

— Irène, qu'as-tu ? Et lorsqu'il vit son mouvement d'impatience il ajouta humblement : « Que t'ai-je donc fait ? »

Elle le regarda avec une fureur mal contenue.

— Ce que vous m'avez fait ? fit-elle, sarcastique. Rien ! Rien du tout ! Rien que du bien ! Rien que des gentillesses !

L'homme stupéfait restait bouche bée, ce qui accentuait encore le ridicule de son attitude.

— Mais, Irène... Irène !

— Pas de scandale, lui dit-elle sur un ton impérieux. Et ne jouez pas la comédie. Sans doute est-elle encore près d'ici à me guetter, votre belle amie, pour m'assaillir une nouvelle fois...

— Qui?... Mais qui?

Elle eût aimé lui envoyer son poing dans la figure, cette figure niaise et tordue. Déjà elle serrait le manche de son parapluie. Jamais elle n'avait tant haï, tant méprisé un homme.

— Mais, Irène... Irène, balbutiait-il, toujours plus troublé. Que t'ai-je donc fait?... Tu as cessé tout à coup de venir... Nuit et jour je t'ai attendue... Aujourd'hui, je suis resté devant chez toi toute la journée avec l'espoir de pouvoir te parler, ne fût-ce qu'une minute.

— Tu m'as attendue... oui... toi aussi!

La fureur la rendait folle. Avec quel plaisir elle l'eût giflé. Mais elle se retint, le regarda encore une fois avec dégoût, semblant se demander si oui ou non elle allait lui cracher toute sa rage au visage, puis soudain elle lui tourna le dos et s'enfonça dans la foule, sans se retourner. Un instant il resta là, la main tendue et suppliante, consterné et frissonnant; puis le flot des passants le poussa et l'entraîna, telle la feuille qui volette et tournoie avant de se laisser emporter, impuissante, par la rivière.

Le sort ne voulait point qu'elle s'abandonnât aux espoirs berceurs. Le lendemain, déjà, l'arrivée d'un nouveau billet, véritable coup de fouet, réveillait sa peur assoupie. Cette fois on voulait deux cents couronnes, qu'elle donna sans résistance. Elle était épouvantée par cette exigence grandissante à laquelle elle ne pourrait pas continuer à faire face. Demain, elle le savait, on réclamerait quatre cents couronnes, et bientôt mille ; plus elle donnerait, plus on exigerait ; finalement, lorsque ses moyens seraient épuisés, viendrait la lettre anonyme, la catastrophe. Ce qu'elle obtenait avec son argent ce n'était qu'un peu de repos, juste de quoi lui permettre de respirer, deux ou trois jours de répit, une semaine peut-être, et encore l'énervement et les tourments réduisaient-ils à bien peu de chose la valeur de ce temps. Elle ne pouvait plus ni lire ni s'adonner à quoi que ce fût, tant la traquait cette peur diabolique. Elle devenait malade. Parfois elle avait des battements de cœur si violents qu'elle était subitement obligée de s'asseoir ; une lourdeur trouble envahissait ses membres, les rendait las et presque douloureux. Les nerfs palpitants, elle se montrait néanmoins souriante et gaie, sans que quiconque devinât l'effort infini qui se cachait sous cette gaieté feinte, la force héroïque qu'elle dépensait dans cette lutte quotidienne et inutile.

Un seul être de son entourage, lui semblait-il, paraissait deviner ce qu'il y avait d'horrible dans sa vie ; et cela parce qu'il l'observait. Elle devinait que sans cesse il s'occupait d'elle de même qu'elle s'occupait de lui. Et cela lui imposait une prudence de tous les instants. Nuit et jour ils se guettaient, on eût dit que l'un voulait surprendre le secret de l'autre tout en cachant le sien. Un changement s'était opéré chez son mari ces derniers temps. Son attitude inquisitoriale du début avait fait place à une sorte de bonté et d'attention qui rappelait involontairement à Irène le temps de ses fiançailles. Il la traitait comme une malade, avec une prévenance qui la rendait confuse. Elle sentait parfois, frémissante, qu'il l'invitait à prononcer les mots qui la délivreraient, qu'il l'engageait à se confesser ; elle comprenait son intention et lui en était très reconnaissante. Mais en même temps que croissait sa gratitude, elle sentait aussi grandir sa honte, obstacle plus considérable à sa confession que la méfiance de la veille.

Une fois, au cours de ces journées, il lui parla très nettement, les yeux dans les yeux. Elle venait de rentrer et du vestibule elle entendait des voix bruyantes : celle de son mari, énergique et tranchante ; celle, grondeuse, de la gouvernante ; des pleurs et des sanglots se mêlaient à ce bruit. Elle fut aussitôt saisie de frayeur. Chaque fois qu'elle entendait parler à voix haute ou qu'il se produisait un incident quelconque dans la maison, elle frémissait. La peur brûlante qu'une lettre de chantage ne fût déjà là, que le secret ne fût découvert. Toujours, lorsqu'elle ouvrait la porte, son premier regard interrogeait les visages, pour voir s'il ne s'était rien passé en son absence, si la catastrophe ne s'était pas produite pendant qu'elle n'était pas là. Cette fois encore, comme elle s'en rendit compte avec soulagement, il ne s'agissait que d'une querelle d'enfants, réglée par un tribunal improvisé. Quelques jours avant, une tante avait apporté au garçonnet un joli cheval peint ; la petite sœur, qui avait reçu un cadeau de moindre importance, en avait conçu une amère jalousie. En vain avait-elle cherché à faire valoir des droits sur le jouet ; elle l'avait d'ailleurs fait si âprement que son frère lui avait interdit de toucher à son cheval, interdiction qui avait provoqué chez elle une violente colère, qui se transforma ensuite en un silence sombre, sournois, obstiné. Le lendemain matin, plus de cheval et tous les efforts du petit garçon pour le retrouver avaient été inutiles, lorsque, par hasard, on découvrit dans la cheminée le jouet éventré et mis en pièces. Les soupçons de l'enfant s'étaient tout naturellement portés sur sa sœur et il s'était précipité en pleurant chez son père pour accuser la méchante ; l'interrogatoire venait de commencer.

Les débats ne durèrent pas longtemps. Au début, l'accusée nia, les yeux craintivement baissés et avec un tremblement dans la voix qui la trahissait. La gouvernante témoigna contre elle ; elle l'avait entendue, dans sa colère, menacer son frère de jeter le cheval par la fenêtre, ce que la petite s'efforçait en vain de démentir. Pendant ce temps, Irène ne regardait que son mari : il lui semblait que ce n'était pas la fillette, mais elle-même que l'on jugeait ; demain ne serait-ce pas elle d'ailleurs qui se tiendrait ainsi devant lui, avec ce même tremblement saccadé dans la voix ? Tant que l'enfant persista dans son mensonge, le père demeura sévère, mais s'il s'efforçait de vaincre petit à petit sa résistance, pas une seule fois il ne se mit en colère. Lorsque les dénégations de l'accusée se transformèrent en une sourde obstination, il se mit à lui parler avec douceur, lui fit comprendre les mobiles de son acte, l'excusa même, en quelque sorte, lui déclarant être sûr que si elle avait commis quelque chose d'aussi laid dans un élan irréfléchi de colère, c'était parce qu'elle ne s'était pas rendu compte de toute la peine qu'elle allait causer à son frère. Il mettait tant de chaleur, tant d'insistance à présenter sa faute à l'enfant, de plus en plus ébranlée, comme quelque chose de concevable et pourtant de répréhensible, que finalement elle éclata en sanglots. Et bientôt, inondée de larmes, elle avoua en balbutiant.

Irène se précipita vers l'enfant pour la prendre dans ses bras, mais celle-ci la repoussa, cependant que son mari s'opposait à cette trop prompte compassion ; il ne voulait pas, malgré tout, laisser le méfait impuni et il prit contre la fillette une sanction qui, tout insignifiante qu'elle fût, n'était pas sans la toucher : le lendemain, elle ne se rendrait pas à une fête où elle se réjouissait d'aller depuis des semaines. L'enfant sanglota de plus belle en entendant cette décision ; déjà le petit garçon triomphait bruyamment, mais cette joie du malheur des autres devait aussi être punie et il fut décidé que lui non plus n'irait pas à la fête. Finalement les deux enfants se retirèrent tout penauds, vaguement consolés par l'égalité du châtiment qui les frappait, cependant qu'Irène restait seule avec son mari.

Elle sentit soudain qu'elle avait là l'occasion de parler de sa propre faute tout en engageant une conversation sur celle de sa fille. Si son mari accueillait avec bienveillance son plaidoyer en faveur de l'enfant, elle oserait peut-être plaider sa propre cause.

— Dis, Fritz, commença-t-elle, veux-tu vraiment défendre aux enfants d'aller demain à la fête ? Si ton intention est arrêtée ils en seront très malheureux, surtout la petite. Au fond, ce qu'elle a fait n'est pas bien terrible. Pourquoi la punir d'une façon si sévère ? Ne te fait-elle pas pitié ?

Il la regarda.

— Tu me demandes si elle me fait pitié ? A cela je te répondrai : elle ne me fait plus pitié. Depuis que je l'ai punie — même si la peine lui paraît amère — elle est soulagée. Hier elle était à plaindre, alors qu'elle avait caché dans la cheminée les débris du pauvre petit cheval, que toute la maison le cherchait et qu'à chaque instant elle craignait la découverte de sa faute. La peur est bien pire que la punition, parce que cette dernière est quelque chose de précis ; forte ou petite, elle est toujours préférable à la tension horrible de l'incertitude. Dès qu'elle a été fixée sur son châtiment, elle s'est senti le cœur plus léger. Il ne faut pas te laisser induire en erreur par ses larmes : elles ne demandaient qu'à couler et jusqu'alors elles avaient été refoulées, ce qui était bien plus mauvais.

Irène leva les yeux. Il lui semblait que chaque mot la visait. Mais lui ne paraissait même pas faire attention à elle.

— Il en est vraiment ainsi, crois-moi, poursuivit son mari. L'expérience me l'a appris. Les accusés souffrent terriblement de leur dissimulation, de la menace de ne plus pouvoir nier ; leur lutte pour défendre un mensonge contre mille petites attaques déguisées est une grande et affreuse souffrance où l'on voit l'accusé se crisper et se tordre quand on veut lui arracher un aveu. Parfois celui-ci est déjà dans la gorge, il étrangle presque le coupable, une force irrésistible veut le faire sortir, il est sur le point de s'exprimer : mais soudain une autre force plus grande encore, un inconcevable mélange de peur et d'entêtement le lui fait ravaler. Et la lutte recommence. Le juge, parfois, en souffre encore plus que les accusés. Et pourtant ceux-ci le considèrent toujours comme leur ennemi, lui qui est en somme leur auxiliaire. En ce qui me concerne, en tant qu'avocat, je devrais conseiller à mes clients de se garder de dire la vérité, je devrais appuyer leurs mensonges, mais souvent je n'ose le faire, car je sais qu'ils souffrent bien plus de la négation que de la confession de leur faute et de son châtiment. Au fond, je n'arrive pas à comprendre que l'on puisse consciemment commettre un acte dangereux et ne pas avoir le courage de l'avouer. Cette peur mesquine de l'aveu je la trouve plus lamentable que n'importe quel crime.

— Crois-tu... que ce soit... toujours la peur... qui arrête les gens ? Ne serait-ce pas parfois... la honte... la honte d'ouvrir son cœur... de le mettre à nu devant le monde ?

Etonné, il leva les yeux. Il n'était pas habitué à l'entendre discuter. Mais sa réflexion l'intéressait.

— La honte, dis-tu... mais c'est... aussi un genre de peur... moins critiquable, pourtant... puisqu'elle n'est pas dictée par l'appréhension de la punition...

Il s'était levé et marchait de long en large, en proie à une violente agitation. Ce que lui avait dit sa femme semblait avoir remué en lui quelque chose qui palpitait et se démenait. Soudain il s'arrêta :

— Je comprends la honte devant des étrangers... Devant la foule qui se régale dans les journaux des événements de la vie d'autrui... Mais devant ses proches...

— Peut-être, — elle dut se détourner parce qu'il la regardait et qu'elle sentait sa voix trembler, — peut-être... la honte est-elle plus forte encore... à l'égard de proches... d'intimes.

Il était là immobile, comme dominé par une force intérieure.

— Alors, tu crois... tu crois... — et tout à coup sa voix changea, devint douce et voilée, — tu crois... que l'enfant... aurait plus facilement avoué sa faute à quelqu'un d'autre... à la gouvernante, par exemple...

— J'en suis convaincue... Si elle t'a opposé une si grande résistance c'est parce que... ton jugement lui importait plus que tout autre... parce que c'est toi qu'elle aime le plus...

— Tu as peut-être raison... C'est bizarre, jamais je n'avais songé à cela... tu as sûrement raison. Et je ne veux pas que tu me croies incapable de pardonner... Non, je ne le veux pas... Surtout toi, Irène...

Il la regarda fixement et elle se sentit rougir. Parlait-il ainsi avec intention ou n'était-ce qu'un hasard, un sournois et dangereux hasard? De nouveau l'effroyable incertitude la torturait.

— Le jugement est cassé, s'écria-t-il — il semblait en proie à une sorte de gaieté, — la punition d'Hélène est levée et je vais moi-même le lui annoncer. Là, es-tu contente de moi? Ou as-tu encore un désir à m'exprimer? Tu vois que je suis aujourd'hui d'humeur généreuse... C'est peut-être parce que je suis heureux d'avoir à temps reconnu une injustice. Cela nous procure toujours un soulagement, Irène, toujours...

Elle crut comprendre pourquoi il appuyait sur ce dernier mot. Elle se rapprocha de lui ; déjà elle sentait les mots sourdre en elle ; lui aussi s'avança, comme pour lui prendre hâtivement des mains le secret qui lui pesait tant. Mais à cet instant elle rencontra son regard avide et impatient et c'en fut fait de ses velléités d'aveu. Ses mains retombèrent avec lassitude ; elle se détourna. C'était inutile, elle s'en rendait compte, jamais elle ne pourrait prononcer la parole libératrice qui la brûlait intérieurement et dévorait en elle toute paix. L'avertissement se faisait de plus en plus pressant, mais elle savait qu'elle ne pourrait échapper à son destin.

Et déjà son désir intime appelait ce qu'elle avait tant redouté jusqu'ici : la découverte de sa faute.

Son souhait parut vouloir se réaliser plus vite qu'elle ne le croyait. La lutte durait depuis une quinzaine et elle se sentait à bout de forces. Pendant quatre jours la personne ne s'était pas montrée ; mais la peur s'était si bien infiltrée dans le corps et dans le sang d'Irène qu'à chaque coup de sonnette elle bondissait à la porte d'entrée pour recevoir elle-même la lettre de chantage qu'elle attendait à tout instant. Il y avait dans son énervement une espèce d'impatience, de désir, presque, car chacun des versements qu'elle effectuait représentait pour elle un soir d'apaisement, quelques heures de tranquillité en compagnie de ses enfants, le temps d'une courte promenade en ville.

De nouveau un coup de sonnette la fit accourir à la porte ; elle ouvrit et fut étonnée au premier moment de voir une étrangère ; mais ensuite elle recula, épouvantée, car dans cette femme vêtue d'une robe neuve et coiffée d'un chapeau élégant elle venait de reconnaître son odieuse persécutrice :

— Ah ! c'est vous ! Madame Wagner, j'en suis bien aise. J'ai à vous parler d'une chose importante.

Sans attendre la réponse d'Irène qui, atterrée, s'appuyait d'une main tremblante sur la poignée de la porte, elle entra et déposa son ombrelle : une ombrelle d'un rouge vif, et sans doute acquise avec le produit de son chantage. Elle se mouvait avec une assurance inouïe, comme si elle se trouvait dans sa propre demeure, et tout en contemplant avec satisfaction, avec une espèce d'acquiescement même, la magnifique installation, elle s'avança, sans en être priée, vers la porte entr'ouverte du salon.

— Ici, n'est-ce pas ? fit-elle, avec une raillerie contenue.

Devant l'effarement d'Irène qui, encore incapable de parler, tentait de lui barrer le chemin, elle ajouta pour la tranquilliser :

— Nous pourrons en finir vite, si cela vous est désagréable.

Irène la suivit sans résistance. La pensée que sa persécutrice avait osé s'introduire dans son appartement, cette audace qui dépassait ses suppositions les plus terribles, l'étourdissait. Elle croyait rêver.

— C'est joli chez vous, très joli, fit la fille avec une satisfaction visible, tout en prenant un siège. Ah ! qu'on est bien dans ce fauteuil ! Et ces beaux tableaux ! C'est seulement dans de pareilles occasions qu'on se rend compte comme nous vivons pauvrement, nous autres. Oui, c'est joli, chez vous, très joli, madame Wagner.

En voyant cette femme indigne commodément installée dans son salon, Irène laissa éclater sa fureur.

— Que voulez-vous donc de moi, misérable ! Me faire chanter encore ! Et vous osez me poursuivre jusqu'ici. Mais je ne permettrai pas que vous me torturiez ainsi ! Je...

— Ne parlez donc pas si haut, dit l'autre avec une familiarité offensante. La porte est ouverte et les domestiques pourraient vous entendre. Pour moi, ça m'est bien égal. Je m'en moque, car, mon Dieu ! en prison ça ne pourrait pas aller plus mal que dans la chienne de vie que je mène à présent. Mais vous, madame Wagner, vous devriez être plus prudente. Je vais tout d'abord fermer la porte, puisque vous jugez utile de vous mettre dans tous vos états. Mais les insultes ne me font rien, ça, je vous le dis tout de suite.

L'énergie d'Irène, raffermie un instant par la colère, s'effondra vite devant la décision inébranlable de son ennemie. A présent elle était là comme une enfant qui attend qu'on lui dicte son devoir, anxieuse et presque humble.

— Alors, madame Wagner, je ne vais pas tourner autour du pot. Ça va mal chez moi, vous le savez. Je vous l'ai déjà dit. Aujourd'hui j'ai besoin d'argent pour mon loyer. Je le dois d'ailleurs depuis longtemps ainsi que bien d'autres choses, mais je veux mettre un peu d'ordre dans mes affaires. Je suis donc venue chez vous, pour que vous me donniez — disons quatre cents couronnes.

— Impossible, bégaya Irène, effrayée par l'importance de la somme exigée et dont elle ne disposait pas en effet pour le moment. Vraiment, je ne les ai pas. Je vous ai déjà donné trois cents couronnes ce mois-ci. Où voulez-vous que je les prenne ?

— On peut toujours s'arranger, réfléchissez ! Une femme aussi riche que vous peut avoir de l'argent tant qu'elle veut. Mais il faut qu'elle le veuille ! Réfléchissez un peu, madame Wagner, et ça marchera.

— Mais je n'ai pas cet argent, réellement. Volontiers je le donnerais si je l'avais. Je ne dispose pas d'une somme aussi élevée. Je pourrais vous donner quelque chose... Cent couronnes, peut-être...

— J'ai besoin de quatre cents couronnes, que je vous ai dit.

Elle lança ces mots brutalement, comme offensée par la proposition.

— Encore une fois, je vous assure que je n'ai pas quatre cents couronnes, cria Irène en proie au désespoir. (En même temps elle se disait : si mon mari arrivait ! A tout moment il peut apparaître.) Je vous le jure, je ne les ai pas...

— Alors, tâchez de vous les procurer...

— Impossible.

La fille la dévisagea de haut en bas, comme pour l'évaluer.

— Et cette bague-là, par exemple... Si on l'engageait, ça marcherait tout de suite. Je ne m'y connais pas en bijoux... Je n'en ai jamais eu... Mais je crois bien que pour ce machin-là on peut avoir quatre cents couronnes...

— Mon anneau ! s'exclama Irène. C'était sa bague de fiançailles, la seule qui ne la quittait jamais et dans laquelle était enchâssée une pierre précieuse.

— Eh bien, pourquoi pas ? Je vous enverrai la reconnaissance, comme ça vous pourrez la dégager quand vous voudrez. Vous la retrouverez sûrement. Je n'en veux pas, moi. Qu'est-ce qu'une pauvre fille comme moi ferait d'une bague aussi chic ?

— Pourquoi me persécutez-vous ainsi ? Pourquoi me torturer de la sorte ? Je ne peux pas... Je ne peux pas. Il faut que vous me compreniez... Vous voyez bien que j'ai fait tout ce que je pouvais. Vous devez me comprendre. Pitié !

— Personne n'a eu pitié de moi. On m'a presque laissée crever de faim. Pourquoi aurais-je, moi, pitié d'une femme riche comme vous ?

Irène s'apprêtait à répondre vertement. Mais soudain son sang se figea — n'était-ce point la porte d'entrée qui s'ouvrait et se refermait ? C'était sûrement son mari qui venait de son bureau. Sans réfléchir, elle arracha sa bague et la tendit à la femme qui la fit rapidement disparaître.

— N'ayez pas peur, je pars, fit celle-ci devant l'angoisse indicible qui se lisait sur le visage d'Irène en entendant des pas d'homme dans l'antichambre. Elle ouvrit la porte, salua l'avocat qui entrait et dont le regard se posa sur elle un court instant sans qu'elle parût attirer son attention, puis disparut.

— C'est une dame qui est venue me demander un renseignement, dit Irène aussitôt que la porte se fut refermée derrière l'intruse en mettant dans cette explication le reste de ses forces. Elle venait de vivre une minute tragique.

Son mari ne répondit pas et se dirigea vers la salle à manger, où la table était déjà mise.

Irène avait la sensation que l'air la brûlait à l'endroit d'ordinaire occupé par sa bague ; il lui semblait que tous regardaient ce petit espace de chair nue comme un stigmate. Aussi s'efforçait-elle, en mangeant, de dissimuler sa main ; mais ses sens surexcités la raillaient, lui faisaient croire que le regard de son mari ne quittait point son doigt, le suivait dans ses évolutions. Et elle usait de tous les moyens pour essayer de détourner son attention. Elle lui adressait la parole, aux enfants, à la gouvernante ; sans cesse elle ranimait par des questions la petite flamme de la conversation, mais toujours l'entretien, dépourvu de chaleur, s'arrêtait. Elle tentait de paraître joyeuse et de pousser les autres à la gaieté ; elle taquinait les enfants et les excitait l'un contre l'autre, mais ils ne se disputaient pas et ne riaient pas non plus : son enjouement, elle s'en rendait compte, devait sonner faux et tout le monde le sentait, inconsciemment. Plus elle se donnait de peine, moins elle réussissait. Finalement, fatiguée, elle se tut.

Les autres, aussi, se turent ; elle n'entendait plus que le léger cliquetis des assiettes, et en elle-même les voix montantes de la peur. Tout à coup, son mari demanda : « Comment se fait-il que tu n'aies pas ta bague, aujourd'hui ? »

Elle tressaillit. Quelque chose, intérieurement, prononça tout haut le mot : Fini ! Mais son instinct résistait toujours. Il s'agit de rassembler toutes ses forces, se dit-elle. Il faut encore trouver une phrase, une explication. Dire un mensonge, un dernier mensonge.

— Je... je l'ai donnée à nettoyer.

Et comme rassurée par cette déclaration, elle ajouta résolument : « Après-demain j'irai la reprendre. » Après-demain. Maintenant elle se trouvait liée, son mensonge allait s'effondrer et elle aussi devant la vérité. Elle s'était fixé elle-même un délai. Toute son angoisse chaotique fut pénétrée soudain d'un sentiment nouveau, d'une sorte de bonheur de savoir la décision si proche. Après-demain : maintenant elle savait à quoi s'en tenir, et cette certitude apportait à sa peur un étrange apaisement. Une énergie nouvelle surgissait en elle, la force de vivre et celle de mourir.

Le fait d'être si près du dénouement et d'en avoir si sûrement conscience répandait en elle une clarté inattendue. Sa nervosité s'effaça devant une sage réflexion, la peur fit place à un calme d'une pureté cristalline, grâce à quoi elle vit les choses sous leur vrai jour et put les apprécier à leur juste valeur. Elle pesa sa vie et sentit qu'elle valait encore la peine d'être vécue ; s'il lui était permis de la conserver et de l'intensifier dans le sens nouveau et plus élevé que venaient de lui enseigner ces journées de peur, elle était prête à la recommencer. Mais pour traîner une vie d'adultère, de femme divorcée, une vie entachée de scandale, elle était trop lasse ; trop lasse aussi pour continuer ce jeu dangereux qui consistait à se procurer à prix d'or de brefs apaisements. La résistance, elle le sentait, n'était plus possible, la fin approchait ; de toutes parts elle était menacée : par son mari, ses enfants, son entourage — et par elle-même. Plus moyen de fuir un adversaire qui semblait présent partout. Et l'aveu, qui serait le secours certain, lui était impossible, elle le savait maintenant. Une seule issue lui restait, mais celle-là sans retour.

Le lendemain matin, elle brûla ses lettres, mit en ordre toutes sortes de petites choses, mais évita autant que possible de voir ses enfants. Elle ne voulait pas que la vie se cramponnât à elle avec ses joies et ses séductions et que de vaines hésitations vinssent rendre plus difficile la décision qu'elle avait prise. Puis elle sortit pour tenter une dernière fois le destin et rencontrer la femme qui l'exploitait. De nouveau, elle parcourut les rues, mais sans l'exaltation des jours précédents. Quelque chose en elle s'était brisé, et elle renonçait à lutter plus longtemps. Elle marcha, marcha pendant deux heures, comme pour remplir un devoir. Nulle part elle n'aperçut la femme. Cela ne la contrariait d'ailleurs pas. Elle ne souhaitait presque plus la rencontrer, tant elle se sentait impuissante. Elle dévisageait les gens, et ces figures lui semblaient étranges, inexpressives et sans vie. Tout cela était déjà éloigné d'elle, oublié, appartenait à un monde qui n'était plus le sien.

Une fois seulement elle sursauta. En jetant un coup d'œil de l'autre côté de la rue elle avait cru sentir le regard de son mari, ce regard extraordinaire, dur, pénétrant, qu'elle ne lui connaissait que depuis peu. Alarmée, ses yeux fouillèrent dans la foule, mais la silhouette avait disparu derrière une voiture, et elle se tranquillisa en songeant qu'à ce moment-là il était toujours au tribunal. L'émotion lui fit oublier l'heure, et elle arriva en retard pour le déjeuner. Son mari, d'ordinaire exact, rentra encore quelques minutes après elle et lui parut un peu nerveux.

A présent elle comptait les heures, effrayée de leur longueur, alors qu'on a besoin de si peu de temps pour dire adieu à toutes ces choses qui paraissent bien insignifiantes quand on sait qu'on ne pourra pas les emporter. Une sorte d'assoupissement s'empara d'elle. Elle sortit de nouveau, marcha au hasard, sans penser ni regarder, comme un automate. A un croisement de rue une voiture faillit l'écraser. Le conducteur poussa un juron formidable, elle ne se retourna même pas : c'eût été le salut ou simplement un retard. Cela lui aurait évité d'agir. Elle marchait toujours, quoique d'un pas lassé : c'était si agréable de ne penser à rien, d'éprouver cette sensation obscure de sa fin, de sentir en soi un brouillard qui descend et enveloppe tout.

Lorsqu'elle leva les yeux pour voir le nom de la rue où elle se trouvait, elle tressaillit : ses pas l'avaient presque conduite devant la maison de son amant. Etait-ce une indication? Peut-être pourrait-il l'aider, car sûrement il connaissait l'adresse de sa persécutrice. Elle tremblait presque de joie. Comment n'avait-elle pas songé à une chose si simple? Subitement, ses membres se ranimèrent, l'espoir donna des ailes à ses pensées lourdes et confuses. Il fallait qu'il vînt avec elle chez cette fille pour mettre fin une fois pour toutes à cette affaire. Il devait lui ordonner de cesser son chantage; peut-être consentirait-elle à quitter la ville si on lui offrait une certaine somme? Elle regretta soudain d'avoir si malmené le pauvre garçon la dernière fois qu'elle l'avait vu, mais il l'aiderait, elle en était sûre. Fait étrange que ce salut ne vînt que maintenant, à la fin!

Elle monta l'escalier à la hâte et sonna. Pas de réponse. Elle écouta : il lui semblait entendre des pas prudents derrière la porte. Elle sonna de nouveau. Même silence suivi d'un bruit léger à l'intérieur. Elle perdit patience et se mit à sonner sans arrêt : sa vie était en jeu, après tout.

Enfin la serrure grinça, on entr'ouvrit légèrement. « C'est moi », souffla-t-elle.

La porte s'ouvrit tout à fait. « C'est toi... c'est vous... Madame, balbutia Edouard, visiblement gêné. J'étais... Pardonnez-moi... je ne m'attendais pas à votre visite... Excusez ma tenue. » Il montrait sa gorge nue et les manches de sa chemise retroussées.

— J'ai à vous parler d'urgence... Il faut que vous m'aidiez, fit-elle avec nervosité parce qu'il la laissait dans le couloir comme une mendiante. Et elle ajouta d'un ton sec : « Voulez-vous me laisser entrer et m'écouter une minute? »

— Je vous demande pardon, murmura-t-il confus et en regardant de côté, mais en ce moment... justement... je ne puis...

— Il faut que vous m'écoutiez. Tout ce qui m'arrive est de votre faute. Vous avez le devoir de m'aider... Vous devez me faire rendre la bague, vous le devez. Ou dites-moi du moins l'adresse... Elle ne cesse de me poursuivre, quoique pour le moment elle ait disparu... Il faut que vous m'aidiez, vous m'entendez, il le faut.

Il la regardait, stupéfait. Alors seulement elle s'aperçut qu'elle articulait des mots sans suite.

— Ah ! oui... c'est vrai, vous ne savez pas... C'est votre maîtresse, l'ancienne, qui m'a vue sortir de chez vous et depuis elle me poursuit et me fait chanter... Elle me tourmente de toutes les façons. La dernière fois elle a voulu ma bague, et je dois, je dois la ravoir. Il faut que je l'aie avant ce soir, j'ai dit que je l'aurais. Aidez-moi !

— Mais... Mais je...

— Voulez-vous m'aider, oui ou non?

— Mais je ne connais aucune personne de ce genre. Je ne sais pas de qui vous parlez. Je n'ai jamais eu de rapports avec des femmes faisant du chantage...

Il était presque grossier.

— Ah !... Vous ne la connaissez pas? Elle a donc inventé tout ça ! Elle sait pourtant votre nom et mon adresse. Peut-être aussi ne me fait-elle pas chanter? Il est possible que je rêve...

Elle eut un rire perçant. Il se sentit mal à l'aise. Pendant un instant, il crut qu'elle était folle. Ses yeux avaient un éclat si bizarre. Son attitude était inexplicable, ses paroles absurdes. Puis tout en regardant craintivement autour de lui il essaya de la calmer.

— Je vous en prie, Madame... ne vous énervez pas. Je vous assure que vous vous trompez. Il est impossible que... Non, je n'y comprends rien moi-même. Je ne connais pas de femmes de ce genre, je vous l'assure. Les deux liaisons que j'ai eues depuis le peu de temps que je suis ici — vous le savez — ne sont pas de cette sorte... Je ne veux pas citer de nom, mais... c'est ridicule... Je vous assure que ce doit être une erreur...

— Vous ne voulez donc pas m'aider?

— Mais si... si je le puis.

— Alors... venez. Nous irons ensemble chez elle...

— Mais chez qui... chez qui? Elle le prit par le bras, il craignit de nouveau qu'elle ne fût folle.

— Chez elle. Le voulez-vous, oui ou non?

— Mais certainement... — sa crainte se fortifiait de plus en plus devant l'insistance d'Irène — certainement...

— Alors, venez!... C'est pour moi une question de vie ou de mort!

Il se retint pour ne pas sourire. Puis, tout à coup, il devint froid.

— Pardon, Madame... Mais pour le moment, cela ne m'est pas possible... J'ai une leçon de piano... Je ne puis l'interrompre...

— Ah!... ah!... — elle lui riait au visage, — vous donnez donc des leçons de piano... en bras de chemise... Menteur!

Et soudain, poussée par une idée, elle fonça droit devant elle. Il tenta de la retenir. « Elle est donc là, chez vous, celle qui me fait chanter. Ainsi vous jouez le même jeu et peut-être vous partagez-vous ce qu'elle m'extorque. Mais je veux la voir. Maintenant je n'ai plus peur de rien ! » Elle hurlait. Il lui prit les mains, elle se débattit, s'arracha à son étreinte et se rua vers la porte de la chambre à coucher.

Quelqu'un qui, de toute évidence, avait écouté à la porte, recula vivement. Irène, hébétée, aperçut une étrangère, la toilette en désordre, qui détourna aussitôt la tête. Edouard s'était élancé derrière l'intruse qu'il croyait réellement folle, pour empêcher un malheur, mais déjà elle sortait de la chambre. « Pardon », murmura-t-elle. Elle était tout à fait désorientée. Elle ne s'expliquait plus rien, un dégoût infini et une immense lassitude l'envahissaient.

— Pardon, répéta Irène devant le regard inquiet d'Edouard. Demain... Demain vous comprendrez tout... Aujourd'hui je n'y comprends plus rien moi-même. — Elle lui parlait comme à un étranger. Rien ne lui rappelait avoir appartenu à cet homme, à peine sentait-elle encore qu'elle existait. Elle se débattait dans un chaos plus grand que jamais, elle ne savait plus qu'une chose : on mentait quelque part. Mais elle était trop lasse pour penser encore, trop lasse pour chercher à savoir. Elle descendit l'escalier les yeux fermés, comme un condamné marchant à la guillotine.

Quand elle sortit, la rue était sombre. Peut-être m'attend-elle là-bas, pensa-t-elle, peut-être le salut va-t-il venir au dernier moment. Elle avait presque envie de joindre les mains et de prier un Dieu oublié depuis longtemps. Oh ! s'il lui était possible de se procurer deux mois de répit encore, de façon à atteindre l'été ! Elle pourrait alors vivre en paix, loin de sa persécutrice, au milieu des prés et des champs. Ses yeux fouillèrent avec curiosité dans la nuit. Il lui sembla apercevoir là-bas, sous une porte cochère, une silhouette qui guettait, mais comme elle approchait l'ombre recula sous le portail. Un instant elle pensa reconnaître son mari. Pour la deuxième fois ce jour-là elle croyait le sentir dans la rue lui et son regard. Elle ralentit sa marche pour mieux se rendre compte. Mais la silhouette disparut tout à fait. Elle avançait, inquiète, avec l'étrange sensation d'un regard brûlant sur sa nuque. Une fois elle se retourna. Mais elle ne vit personne.

Une pharmacie était tout près. Elle y entra avec un léger frisson. Le pharmacien prit l'ordonnance et se mit à la préparer. Rien n'échappait aux yeux d'Irène durant ces brèves minutes : la balance scintillante, les poids mignons, les petites étiquettes, et là-haut dans les armoires la rangée d'essences aux noms latins bizarres qu'elle épelait inconsciemment du regard. Elle entendait le tictac de l'horloge, sentait le parfum spécial, l'odeur fade et un peu grasse des médicaments ; soudain elle se rappela qu'enfant elle demandait toujours à sa mère de l'envoyer à la pharmacie, parce qu'elle aimait cette odeur et que la vue de tous ces bocaux miroitants lui était agréable. En même temps elle se souvint avec effroi qu'elle avait oublié de faire ses adieux à sa mère, et elle eut pitié de la pauvre femme, qui serait terrifiée en apprenant la nouvelle. Mais déjà le pharmacien comptait les gouttes claires qui coulaient d'un bocal ventru dans un flacon bleu. Elle regardait, immobile, la mort passer d'un récipient dans l'autre, un frisson glaçait ses membres. Comme en proie à une sorte d'hypnose, ses yeux suivaient les doigts du préparateur qui enfonçaient maintenant le bouchon dans le flacon plein et collaient une bande de papier autour de la fiole dangereuse. La pensée de la chose sinistre qui allait se passer fascinait et paralysait ses sens.

« Deux couronnes », dit le pharmacien. Elle sortit de son immobilité et jeta autour d'elle un regard absent. Puis elle plongea la main dans son sac pour y prendre la somme. Tout était encore confus en elle, elle regardait son argent et s'attardait machinalement à le compter.

A cet instant, elle se sentit empoignée par le bras. Des pièces de monnaie tintèrent sur le comptoir. Une main s'avança à côté d'elle et s'empara du flacon.

Elle se retourna. Son regard se figea. C'était son mari qui était là. Il serrait les lèvres, son visage était livide, et la sueur mouillait son front.

Elle faillit s'évanouir et dut se cramponner au comptoir. Aussitôt elle comprit que c'était bien lui qu'elle avait vu dans la rue et qui la guettait sous la porte cochère, son pressentiment ne l'avait point trompée.

« Viens », lui dit-il d'une voix sourde et étranglée. Elle le regarda fixement et s'étonna au fond d'elle-même de lui obéir. Elle le suivit sans s'en rendre compte.

Ils marchaient côte à côte — sans se regarder. Il

tenait toujours la fiole dans la main. En route il s'arrêta et s'essuya le front. Elle ralentit le pas sans le vouloir ni le savoir. Mais elle n'osait pas le regarder. Ni l'un ni l'autre ne soufflaient mot. Le tumulte de la rue déferlait entre eux.

Dans l'escalier il la fit passer devant lui. Dès qu'elle ne fut plus à son côté, elle chancela. Elle s'arrêta et s'accrocha à la rampe. Il lui prit le bras. Ce contact la fit tressaillir, et elle monta vite les dernières marches.

Elle se rendit dans sa chambre. Il la suivit. Les murs étaient sombres, on ne distinguait plus les objets. Ils ne se parlaient toujours pas. Il déchira le papier qui enveloppait le flacon, déboucha celui-ci, le vida et le lança violemment dans un coin de la pièce. En entendant ce bruit de verre, elle tressaillit.

Ils continuaient à se taire. Elle devinait qu'il se maîtrisait, elle le devinait sans le voir. Enfin il s'approcha d'elle, tout près d'elle. Elle sentait son souffle pénible et voyait l'éclat de ses yeux dans l'obscurité de la chambre. Elle s'attendait à l'explosion de sa colère et tremblait déjà sous le geste dur de sa main. Son cœur parut s'arrêter, seuls ses nerfs vibraient comme des cordes tendues, tout en elle se préparait au châtiment, elle le désirait presque. Mais il se taisait encore, et, avec un étonnement sans fin, elle se rendit compte qu'il n'était pas en colère.

— Irène, dit-il, et sa voix avait une extraordinaire douceur, pendant combien de temps encore allons-nous nous faire souffrir ?

Alors éclatèrent soudain, avec une violence inouïe, en un cri sauvage et fou, tous les sanglots maîtrisés et refoulés des dernières semaines. On eût dit qu'intérieurement une main furieuse l'avait empoignée et la secouait avec force, au point qu'elle chancela comme une personne ivre et serait tombée si son mari ne l'avait pas retenue.

— Irène, Irène, fit-il, — la voix se faisait de plus en plus douce, de plus en plus tendre, pour essayer d'apaiser la tempête désespérée de ses nerfs. Seuls des sanglots lui répondaient, des explosions de douleur qui la bouleversaient des pieds à la tête. Il la conduisit près du sofa et y étendit son corps palpitant. Mais les sanglots ne se calmèrent pas. Les membres de la malheureuse semblaient secoués par des décharges électriques, cependant que des vagues de froid et de chaleur passaient sur sa chair martyrisée. Tendus à l'extrême depuis des semaines, les nerfs d'Irène n'avaient pu résister plus longtemps et la souffrance déchaînée faisait rage dans son corps impuissant.

En proie à l'émotion la plus intense, il la tenait dans ses bras, il lui prit ses mains froides, baisa sa robe et sa nuque, doucement d'abord, puis sauvagement, avec passion et angoisse ; mais le corps recroquevillé se contractait toujours et les sanglots ne cessaient point. Il lui toucha le visage, il était glacé et baigné de larmes, il passa la main sur les veines des tempes qui saillaient. Une peur indicible l'envahit. Il s'agenouilla pour lui parler joue contre joue.

« Irène — il l'avait reprise dans ses bras — pourquoi pleures-tu... maintenant... maintenant que tout est fini... Pourquoi te tourmentes-tu encore... Tu n'as plus rien à craindre... Elle ne reviendra plus... Jamais... »

De nouveau le corps de la malheureuse se convulsa violemment. Il eut un frémissement d'horreur devant ce désespoir déchirant. Il lui semblait qu'il l'avait assassinée. Et la couvrant de baisers il se mit à lui balbutier des mots confus d'excuses :

« Non... Jamais plus... Je te le jure... Je ne pouvais pas penser que tu en serais effrayée à ce point... Je ne voulais que te rappeler... te rappeler à ton devoir... Pour que tu le quittes... Pour toujours... Que tu reviennes à nous... Je n'avais pas d'autre moyen lorsque j'appris la chose par hasard... Je ne pouvais pourtant pas te le dire moi-même... Je croyais... Je croyais toujours que tu reviendrais... C'est pourquoi je t'ai envoyé cette femme qui devait t'y pousser... C'est une pauvre fille, une actrice congédiée... Elle ne voulait pas s'y prêter, mais j'ai insisté... Je vois que j'ai eu tort... Mais je voulais que tu reviennes... Je t'ai toujours montré que j'étais prêt à te pardonner... que je ne désirais rien d'autre que cela... mais tu ne m'as pas compris... Je ne voulais pas... te pousser si loin... J'ai moi-même bien souffert de voir tout cela... J'ai surveillé tous tes pas... C'est à cause des enfants, tu le sais, rien qu'à cause d'eux que je voulais t'obliger à revenir... Mais maintenant tout est terminé... Tout est réparé... »

Elle entendait, provenant d'un lointain infini, des mots qui résonnaient sourdement à son oreille et qu'elle ne comprenait pas. Un bruit montait en elle qui assourdissait tout, ses sens n'étaient plus qu'un chaos où tout s'évanouissait. Elle sentait bien des effleurements, des baisers, des caresses, et aussi ses propres larmes refroidies, mais son sang bourdonnait de plus en plus fort ; il tintait à présent avec une violence qui rappelait le bruit de cloches sonnant à toute volée. Elle perdit connaissance. Lorsqu'elle sortit de son évanouissement elle se rendit confusément compte qu'on la déshabillait, elle vit à travers un nuage le visage doux et anxieux de son mari. Puis elle glissa dans les ténèbres du sommeil sans rêves dont elle était privée depuis si longtemps.

Lorsque, le lendemain matin, elle ouvrit les yeux, il faisait déjà clair dans la chambre. Elle sentit aussi en elle une clarté : plus de nuages devant ses yeux, un sang calme coulait dans ses veines. Elle essaya de se rappeler ce qui s'était passé, mais tout lui paraissait encore être un rêve, sans consistance, sans liens, irréel, comme lorsqu'on vole en rêvant et, pour se convaincre qu'elle ne dormait pas, elle se tâta les mains.

Soudain elle sursauta, effrayée : la bague brillait à son doigt. Alors, elle vit les choses sous leur jour exact. Les paroles confuses entendues dans son demi-évanouissement et le pressentiment sourd de jadis, qui n'avait jamais osé se transformer en pensée ou soupçon, s'enchaînèrent tout à fait. Elle comprit tout d'un seul coup, les questions de son mari, la stupéfaction de son amant, toutes les mailles du réseau terrible où elle s'était laissé prendre se défirent. L'amertume et la honte l'envahirent, ses nerfs se remirent à trembler et elle regretta presque de s'être réveillée.

Des rires retentirent à côté. Les enfants étaient déjà debout et se livraient à leurs ébats tapageurs, tels des oiseaux saluant la naissance du jour. Elle distinguait nettement la voix du petit garçon et se rendait compte pour la première fois, avec étonnement, de sa ressemblance avec celle de son père. Un léger sourire effleura ses lèvres et s'y posa. Elle ferma les yeux et resta immobile pour mieux jouir de tout cela, qui était sa vie et désormais aussi son bonheur. Elle souffrait encore un peu, mais c'était une souffrance heureuse et pleine de promesses, semblable à ces blessures qui vous brûlent si fort avant de se cicatriser définitivement.

RÉVÉLATION INATTENDUE D'UN MÉTIER

[illegible] de la fin de [illegible] 1931 [illegible] [illegible] Strasbourg [illegible] une [illegible] crev[illegible] la [illegible]

Il était délicieux l'air de cette radieuse matinée d'avril 1931, encore tout chargé de pluie et déjà tout ensoleillé. Il avait la saveur d'un fondant, il était doux, frais, humide et brillant. C'était un air de pur printemps, un ozone sans mélange. En plein boulevard de Strasbourg, on s'étonnait de respirer une odeur enivrante de prés en fleur et d'air salin. Ce ravissant miracle était l'œuvre d'une averse, de l'une de ces capricieuses ondées d'avril dont use volontiers comme carte de visite un printemps retardataire. Déjà, en route, le rapide qui m'avait amené poursuivait un sombre horizon suspendu comme une menace au-dessus des champs. On avait atteint Meaux ; le paysage commençait à se garnir de maisons de banlieue faisant penser à des dés éparpillés ; les premiers panneaux publicitaires hurlaient dans la verdure révoltée ; en face de moi, la vieille Anglaise rassemblait sacs, flacons et nécessaire de voyage. C'est alors que creva ce nuage noir tout gorgé d'eau qui faisait la course avec notre locomotive depuis Epernay. Un petit éclair blanc donna le signal ; aussitôt, dans un roulement de tambour, et tombant en trombes, la pluie mitrailla notre train. Gravement atteintes, les vitres pleurèrent sous le crépitement meurtrier des humides projectiles ; en signe de capitulation, la locomotive inclinait vers le sol son panache gris. On ne voyait plus rien, on n'entendait plus que le grondement irrité de l'averse sur le verre et l'acier, et, comme une bête pourchassée, la locomotive filait sur les rails étincelants pour échapper à l'orage. Mais nous voilà arrivés à bon port ; nous attendons encore nos porteurs sous la verrière de la gare que, déjà, derrière le rideau de la pluie, la perspective du boulevard s'illumine ; un rayon de soleil éclatant perce de son trident la troupe fugitive des nuages ; immédiatement, les façades des maisons étincellent comme du cuivre poli et le ciel prend un éclat bleu marin. Fraîche comme Aphrodite Anadyomène au sortir de l'onde, telle apparaît la ville dans sa nudité dorée après avoir laissé glisser son manteau de pluie : spectacle divin ! En un clin d'œil un flot humain se déverse d'une centaine de refuges et d'abris et se disperse de tous côtés, les gens s'ébrouent en riant et continuent leur chemin ; l'embouteillage a cessé ; au milieu de ronflements, de pétarades, de vrombissements, des centaines de véhicules reprennent leur course dans tous les sens ; tout respire, tout se réjouit du retour de la lumière. Jusqu'aux arbres anémiés du boulevard, prisonniers du dur asphalte, encore tout dégouttants de pluie, qui tendent vers ce ciel nouveau si profondément bleu leurs petits bourgeons pointus et essayent d'embaumer l'air ! On sent même nettement pendant quelques minutes le souffle faible et timide des marronniers en fleur, au cœur de Paris.

Je n'avais pas de rendez-vous avant une heure avancée de l'après-midi. Pas un Parisien ne connaissait mon arrivée ni ne m'attendait. J'étais souverainement libre de faire ce que je voulais. Je pouvais à ma fantaisie flâner ou lire le journal, m'asseoir dans un café, manger, visiter un musée, regarder les vitrines ou bouquiner sur les quais ; je pouvais téléphoner à des amis ou me contenter de humer l'air doux et tiède ; libre comme je l'étais, tout cela m'était permis et mille autres choses encore. Par bonheur, un sage instinct me poussa à ce qu'il y avait de plus raisonnable : c'est-à-dire à ne rien faire. Je ne me traçai pas de plan, je me donnai carte blanche, j'écartai de moi toute idée de but, tout désir et me laissai glisser sur la roue de la fortune, emporter par le courant de la rue, qui est indolent quand il suit la rive brillante des boutiques, et impétueux quand il franchit la chaussée. Finalement, la vague me poussa sur les grands boulevards et, exténué de fatigue, j'abordai à la terrasse d'un café situé à l'angle du boulevard Montmartre et de la rue Drouot.

Nonchalamment assis dans un confortable fauteuil de paille, je me disais en allumant un cigare : nous voici de nouveau face à face, Paris ! voilà bientôt deux ans que nous ne nous sommes pas vus, mon vieil ami, regardons-nous bien dans les yeux. Allons, en avant, Paris, montre-moi ce que tu as appris depuis ce temps, va, projette devant moi ton incomparable film sonore : les boulevards, ce chef-d'œuvre de lumière, de couleur et de mouvement avec ses innombrables figurants bénévoles ! Fais retentir à mon oreille l'inimitable musique de ta rue, vibrante, vrombissante, mugissante. N'épargne rien, vas-y de tout cœur, montre ce que tu peux, montre qui tu es, fais jouer à ton grand orgue de Barbarie ta musique de rue atonale et panatonale. Fais rouler tes autos, brailler tes camelots, mugir tes klaxons, courir tes passants, étinceler tes boutiques ; me voici mieux disposé que jamais, désœuvré, avide de te regarder, de t'écouter jusqu'à ce que ma vue se trouble et que mon cœur défaille. Allons, en avant, toujours plus vite, toujours plus fort ; d'autres cris, d'autres appels, de nouveaux hurlements, de nouveaux sons éclatants, cela ne me fatigue pas, tous mes sens sont tendus vers toi ; petit moucheron venu de l'étranger, je m'apprête à me gorger du sang de ton corps gigantesque. Allons, en avant, livre-toi à moi comme je suis prêt à me livrer à toi, ville insaisissable aux enchantements toujours nouveaux.

Je me rendais déjà compte à un certain picotement nerveux que j'étais dans mon jour de curiosité, comme il m'arrive souvent après un voyage ou une nuit blanche. Ces jours-là, je me sens double, multiple, les limites de mon être ne me suffisent plus, quelque chose en moi m'incite, me force à me glisser hors de ma peau comme une chrysalide hors de son cocon. Chaque pore se dilate, chaque nerf devient un petit harpon brûlant, mon œil et mon oreille acquièrent une sensibilité extraordinaire, une lucidité presque anormale aiguise ma rétine et mon tympan. Ces jours-là, un courant électrique me relie à toutes les choses de la terre, et une curiosité presque maladive oblige mon âme à s'unir aux êtres qui me sont étrangers. Tout ce qui tombe sous mon regard prend un aspect mystérieux. Je ne me lasserais pas de regarder un simple paveur défoncer l'asphalte de son pic électrique ; l'impression que me procure ce seul spectacle est si violente que mon épaule ressent chacune des secousses qui ébranlent celle de l'ouvrier. Je resterais des heures entières devant une maison inconnue, cependant que mon imagination me représenterait l'histoire de ses habitants ou de ceux qui pourraient y demeurer ; j'observerais, je suivrais un passant durant des heures, subissant inconsciemment l'attraction magnétique de la curiosité, et cela tout en me rendant compte combien mes gestes paraîtraient absurdes et insensés à un observateur éventuel. Et pourtant, cette imagination et ce jeu ont pour moi plus d'attraits qu'une pièce de théâtre bien ordonnée ou que la trame d'un roman. Il est possible que cette surexcitation et cette clairvoyance nerveuse ne soient que la conséquence naturelle d'un brusque changement de lieu et d'une variation de la pression atmosphérique qui modifierait inéluctablement la composition chimique du sang ; je n'ai jamais essayé de m'expliquer cette nervosité mystérieuse. Mais, lorsque je l'éprouve, ma vie quotidienne ne m'apparaît que comme une morne somnolence et mes jours ordinaires me semblent vides et fades. Il n'y a qu'à ces moments-là que je me sente vraiment vivre et que je me rende bien compte de la fantastique diversité de la vie.

J'étais donc assis en ce jour béni d'avril dans mon léger fauteuil au bord du fleuve humain, attendant je ne sais quoi. J'attendais pourtant avec ce léger tremblement du pêcheur guettant certaine secousse, j'attendais, avec une confiance qui ne trompe pas, n'importe quoi, n'importe qui, tant j'étais avide de donner une proie à ma curiosité. Mais tout d'abord la rue ne m'apporta rien, et au bout d'une demi-heure d'attente ce tourbillonnement de la foule me fatigua la vue, au point que je ne percevais plus nettement aucun détail. Je commençais à ne plus voir les visages dans ce flot humain que le boulevard chassait devant moi ; ce n'était plus qu'une masse ondoyante, confuse et bariolée de casquettes, de chapeaux et de képis, d'ovales mal peints aux regards inquiets, hâtifs ou engageants, écœurantes rinçures d'un fleuve qui coulait toujours plus terne et plus gris au fur et à mesure que se lassait mon regard. Je fus bientôt épuisé, comme on l'est après la vue d'un film aux images troubles et sautillantes, et j'allais me lever pour repartir. C'est alors, alors seulement que je découvris ce personnage singulier.

Il s'imposa d'abord à mon attention par le simple fait qu'il revenait constamment dans mon champ visuel. Ces mille, ces dix mille passants que j'avais vus défiler disparaissaient tous comme entraînés par d'invisibles fils : ils ne me montraient que rapidement une silhouette, un profil, une ombre que le courant emportait à tout jamais. Cet homme, au contraire, ne cessait de revenir et toujours au même endroit ; c'est pourquoi je le remarquai. De même que la vague, avec une obstination que l'on ne saisit pas, dépose sur la grève une algue boueuse et vient aussitôt la happer d'un coup de sa langue humide, pour la ramener ensuite et la reprendre encore, de même un remous me renvoyait sans cesse, à un moment déterminé et toujours à la même place, cette marionnette au regard baissé et étrangement fuyant. Le personnage n'avait en soi rien de bien remarquable, sinon que son corps famélique et décharné était mal enveloppé dans un mince pardessus d'été jaune serin, qui sûrement n'avait pas été coupé à sa mesure, car ses mains disparaissaient sous des manches trop longues ; il était ridiculement grand et large ce pardessus d'une mode désuète, nullement fait pour ce rat au nez pointu et aux lèvres pâles, presque livides, au-dessus desquelles tremblotait une petite touffe de poils blonds. Les épaules de travers, l'air craintif, cette ombre jaune s'avançait sur de maigres jambes de clown et s'évadait de la cohue tantôt à gauche, tantôt à droite, avec une mine soucieuse ; puis l'homme s'arrêtait, jetait autour de lui des regards inquiets, comme un lièvre à l'orée d'un champ d'avoine, reniflait et redisparaissait dans la foule. De plus, et c'était pour moi un nouveau sujet d'étonnement, ce bonhomme étique, qui me faisait penser à un personnage d'une nouvelle de Gogol, semblait être myope ou particulièrement maladroit : en effet, je remarquai à plusieurs reprises que des passants pressés ou préoccupés bousculaient et renversaient presque ce petit échantillon de misère sociale. Mais il ne paraissait pas s'en inquiéter outre mesure, s'effaçait humblement, baissait la tête, se coulait de nouveau dans la foule, pour revenir encore un peu plus tard. C'était peut-être bien la dixième fois que je le voyais réapparaître pendant cette courte demi-heure.

Voilà qui m'intriguait. Ou plutôt je fus tout

d'abord furieux contre moi-même de ne pouvoir deviner à l'instant, curieux comme je l'étais ce jour-là, ce que voulait cet homme. Et plus je cherchais en vain, plus ma curiosité était excitée. Que diable fais-tu ici, mon gaillard ? me disais-je. Que veux-tu ? Tu n'es pas un mendiant, un mendiant ne va pas se fourrer aussi stupidement au plus fort de la cohue, là où personne n'a le temps de mettre la main à la poche. Tu n'es pas un ouvrier, un ouvrier n'a pas le loisir de baguenauder ainsi à onze heures du matin. Et tu n'attends certes pas une femme, la plus vieille ni la plus laide ne voudrait d'un pauvre hère de ta sorte. Enfin, qui peux-tu bien être ? Peut-être un de ces guides clandestins qui vous attirent dans un coin, font sortir de leurs manches des photographies obscènes et promettent au provincial toutes les voluptés de Sodome et de Gomorrhe ? Non, pas cela non plus, car tu n'abordes personne, tu évites tout le monde craintivement et ton regard est singulièrement timide et fuyant. Qui es-tu, homme dissimulé ? A quelles manigances te livres-tu sous mes yeux ? Je l'observais avec une attention toujours plus grande, et mon désir de percer les intentions de ce polichinelle jaune se mua en passion. Soudain, je compris : c'était un détective.

Oui, un détective, un policier en civil ; je m'en rendis compte instinctivement, à un détail imperceptible, à ce regard oblique et rapide qu'il lançait à chaque passant, à ce coup d'œil inquisiteur bien spécial que tout policier doit acquérir dès les premières années de son apprentissage. Ce coup d'œil n'est pas facile à posséder : rapide comme les ciseaux d'un tailleur, il doit parcourir un individu des pieds à la tête et enregistrer sa physionomie en même temps qu'il la compare mentalement avec le signalement d'un malfaiteur connu et recherché par la police. D'autre part, et ceci est peut-être encore plus difficile, il ne faut pas que ce regard scrutateur éveille l'attention, car l'espion ne doit pas se trahir aux yeux de celui qu'il épie. Mais mon bonhomme avait fait de brillantes études ; il se coulait dans la foule avec un air indifférent et rêveur et se laissait pousser, bousculer sans réagir ; pourtant de temps à autre ses lourdes paupières se soulevaient avec la rapidité d'un obturateur et il lançait un regard aussi incisif qu'un coup de harpon. Personne autour de lui ne semblait l'observer dans l'exercice de ses fonctions et je ne l'aurais pas remarqué moi-même si ce jour béni d'avril n'eût pas été mon jour de curiosité et si je n'eusse pas fait le guet si longtemps et avec autant d'obstination.

Du reste, ce policier devait être un maître ; avec quel raffinement d'illusionniste il avait su copier les manières, la démarche et les vêtements, ou plutôt les haillons du vagabond pour mieux dissimuler son travail d'oiseleur. Le plus souvent, les agents en civil se reconnaissent infailliblement à cent pas, du fait que, quel que soit leur travestissement, ces messieurs ne peuvent se décider à se départir d'une allure de sous-officier. Leur échine reste toujours raide, ils sont incapables de prendre l'attitude craintive et humiliée des gens dont les épaules ploient depuis longtemps sous le poids de la misère. Mais celui-là, à la bonne heure ! il avait fidèlement rendu la pouillerie du clochard jusqu'en son odeur et avait étudié jusqu'en ses moindres détails le masque du vagabond. Quelle psychologie, quelle vérité dans ce pardessus jaune serin et ce chapeau marron posé légèrement de travers dans un dernier sursaut d'élégance, tandis que le pantalon effiloché laissait deviner la plus grande détresse ; cet habile chasseur d'homme savait que la misère, ce rat vorace, ronge les vêtements en commençant par les bords. Et comme une aussi lamentable garde-robe se mariait bien avec cette mine affamée, cette maigre moustache, probablement collée avec art, cette barbe mal rasée, ces cheveux en broussaille ! Tout cela aurait fait jurer à une personne non prévenue que l'homme avait passé la nuit sur un banc ou sur le bat-flanc d'un commissariat de police. Ajoutez à cela une petite toux maladive que sa main essayait de comprimer, un geste frileux pour se pelotonner dans son pardessus d'été, un pas traînant comme s'il avait du plomb dans les membres ; en vérité, ce tableau clinique achevé de la tuberculose au dernier degré était l'œuvre d'un nouveau Frégoli.

Je l'avoue sans honte : j'étais enthousiasmé à l'idée d'épier un inspecteur de police authentique ; toutefois, au fond de moi-même je trouvais révoltant qu'un fonctionnaire déguisé pût arracher un pauvre hère à ce radieux soleil d'avril, à cet azur divin, et le faire conduire dans le panier à salade vers quelque geôle, loin de ce lumineux printemps. Quoi qu'il en fût, c'était un spectacle excitant, je suivais ses gestes avec une attention toujours plus soutenue et la découverte d'un nouveau détail me causait chaque fois une joie nouvelle. Mais soudain ma joie fondit aussi vite que neige au soleil. Il y avait quelque chose qui n'allait pas avec mon diagnostic, qui ne me donnait pas satisfaction. Je fus en proie au doute. Etait-ce vraiment un détective ? Plus je considérais cet étrange personnage avec attention, plus je me disais que cet étalage de misère était trop naturel, trop vrai d'un degré pour n'être qu'un piège de policier. Il y avait d'abord ce prétendu col, cause de mes premiers soupçons ; eh bien ! non, on ne va pas ramasser une telle ordure dans la poubelle pour se l'attacher volontairement autour du cou ; une pareille saleté ne pouvait se porter, à la rigueur, que dans un cas de réelle, d'extrême détresse. Puis, second point invraisemblable, ses chaussures, s'il était encore permis de nommer ainsi de piteux lambeaux de cuir tout disjoints. En fait de lacet, le soulier droit était noué avec de la ficelle, tandis que la semelle décousue du gauche bâillait à chaque pas comme une grenouille qui coasse. Non, on n'irait pas inventer ni confectionner un semblable chef-d'œuvre de cordonnerie à la seule fin de se déguiser. Il n'y avait plus de doute, il était impossible que ce minable épouvantail ambulant fût un policier et ma supposition était fausse. Mais si ce n'était pas un détective, qu'était-ce alors ? Que signifiaient ces allées et venues continuelles, ces regards furtifs et scrutateurs qu'il jetait autour de lui ? Une sorte de colère me prit de ne pouvoir percer ce mystère ; pour un peu j'aurais empoigné l'homme par les épaules et je lui aurais demandé : « Que fais-tu là, mon gaillard, et que veux-tu ? »

Soudain un frisson me parcourut, je tressaillis comme à la vue d'un éclair, tant la vérité me fut brutalement révélée ; d'un seul coup je sus et cette fois avec certitude, d'une façon irréfutable et définitive. Non, vraiment, — comment avais-je été assez sot pour le croire ? — ce n'était pas un détective ! C'était tout le contraire d'un policier, si je puis m'exprimer ainsi : c'était un pickpocket, un authentique, un véritable pickpocket, un tire-laine averti, un professionnel du vol à la tire, en quête de portefeuilles, de montres, sacs à main et autre butin.

Je me rendis compte du genre de profession qu'il exerçait en remarquant tout d'abord qu'il se faufilait toujours au plus fort de la cohue ; je compris alors la raison de son apparente maladresse et des bousculades dont le gratifiaient certains passants. La situation m'apparaissait de plus en plus nette, de plus en plus précise ; ce n'était pas sans raison qu'il avait choisi pour champ d'opération les abords de ce café, à proximité d'un carrefour ; ce choix était dû au fait qu'un commerçant avait imaginé pour sa vitrine une publicité originale. Les marchandises de ce magasin n'avaient en soi rien de bien extraordinaire ; elles consistaient en noix de coco, en sucreries orientales et en caramels de toutes sortes, objets d'un faible attrait. Mais le propriétaire avait eu l'idée ingénieuse de décorer sa vitrine de palmiers artificiels, de vues des régions tropicales et de laisser évoluer au milieu de ces reflets d'Asie trois petits singes ; ceux-ci se livraient derrière la vitre aux acrobaties les plus burlesques, grinçaient des dents, s'épuçaient, grimaçaient, faisaient un vacarme affreux et se conduisaient en vrais singes qu'ils étaient, c'est-à-dire fort indécemment. Le calcul de ce commerçant avisé était juste, des groupes compacts de badauds s'écrasaient contre la vitrine; les femmes, surtout, à en croire leurs cris et leurs exclamations, semblaient prendre un plaisir immodéré aux évolutions de ces quadrumanes dans lesquelles elles voient toujours une sorte de caricature, de parodie de la virilité de leurs seigneurs et maîtres. Chaque fois qu'un groupe assez dense de curieux se pressait devant la vitre, vite mon personnage se glissait sur les lieux en tapinois et se faufilait alors doucement au milieu des gens avec une feinte timidité; toutes mes connaissances du vol à la tire, art encore peu approfondi et mal décrit à mon avis, se bornaient alors à savoir que la multitude est aussi indispensable au succès du pickpocket qu'aux harengs au moment du frai; seules la cohue et la bousculade empêcheront la victime de sentir la main perfide qui lui dérobe son portefeuille ou sa montre. De plus, je l'apprenais à l'instant, la réussite d'un coup exige qu'une diversion, jouant le rôle d'un narcotique, vienne endormir la vigilance inconsciente de chaque homme pour ce qui lui appartient. En l'occurrence, ces trois singes aux attitudes grotesques et vraiment désopilantes provoquaient une diversion de premier ordre; et ces petits hommes grimaçants étaient les complices involontaires mais actifs de mon nouvel ami le pickpocket.

Qu'on me le pardonne, j'étais absolument enthousiasmé de ma découverte; de ma vie je n'avais encore jamais vu de pickpocket. Ou plutôt, pour dire la vérité, au temps de mes études à Londres, lorsque j'assistais aux débats judiciaires afin de m'accoutumer à la prononciation de l'anglais, je vis un jour comparaître devant le juge entre deux policemen un jeune rouquin au visage boutonneux inculpé de vol à la tire. Le *corpus delicti* se trouvait sur la table : c'était un porte-monnaie ; deux témoins prêtèrent serment et déposèrent, puis le juge marmonna quelque chose et le jeune rouquin disparut pour six mois, si je compris bien. C'était le premier pickpocket que je voyais, mais avec cette différence que je n'avais pu constater qu'il l'était réellement ; des témoins étaient bien venus faire le récit du délit, j'avais même assisté à la reconstitution juridique du fait, mais pas à l'acte lui-même. Je n'avais vu qu'un inculpé, qu'un condamné et non pas un voleur. Car un voleur ne l'est qu'au moment précis de son vol et non un ou deux mois plus tard quand il répondra devant les juges de son méfait ; de même le poète n'est essentiellement poète qu'à l'instant où il crée et non quand il récite ses œuvres devant le microphone. L'artiste n'est artiste que pendant la création, le coupable n'est vraiment coupable qu'à l'instant du délit. Ce moment rare et mystérieux allait peut-être m'être révélé ; j'allais voir un pickpocket à son moment caractéristique, celui du vol, à l'instant le plus vrai de sa vie, pendant une brève seconde, aussi difficile à saisir que celle de la naissance ou de la procréation. Et la seule pensée d'une telle éventualité me surexcitait.

Bien entendu, j'étais résolu à ne pas laisser échapper l'occasion, à ne pas perdre un détail des préparatifs et de l'acte lui-même. Je quittai aussitôt mon fauteuil, mon champ visuel étant trop limité. J'avais besoin d'un bon poste d'observation d'où je pourrais commodément épier ce nouvel artiste ; au bout de quelques essais, je choisis une colonne Morice. Là, je paraissais lire attentivement les affiches tandis qu'en réalité, à l'affût derrière ma colonne, je suivais ses faits et gestes dans leurs moindres détails. Et c'est avec une opiniâtreté que je m'explique difficilement aujourd'hui que je regardais ce pauvre hère se livrer à sa dangereuse et difficile profession. Il ne me souvient pas d'avoir jamais éprouvé autant d'impatience et de curiosité à la première d'un film ou d'une pièce de théâtre. C'est que la vérité dans toute son intensité surpasse toute forme d'art.

L'heure que je passai à épier mon gaillard s'écoula rapidement, en dépit ou plutôt en raison de l'attention soutenue dont je fis preuve, des multiples petites décisions qu'il fallut prendre et de mille incidents émouvants qui survinrent. Je pourrais la décrire pendant des heures, cette heure-là ! Tant elle était chargée d'énergie nerveuse, tant ce jeu dangereux était excitant. Jusqu'à ce jour, je n'avais jamais eu la moindre idée de la difficulté inouïe de ce métier presque impossible à apprendre. Quelle tension d'esprit effrayante exige sa pratique en pleine rue et au grand jour ! Jusqu'ici l'image d'un pickpocket n'éveillait en moi qu'une vague idée de grande hardiesse et d'habileté manuelle ; je faisais de son métier une affaire de doigts, comme la jonglerie ou la prestidigitation. Dickens nous a dépeint dans *Oliver Twist* un maître pickpocket en train d'apprendre à de jeunes enfants l'art de dérober un mouchoir qui se trouve dans une veste. Une sonnette était fixée au col, et si elle tintait quand l'apprenti tirait le mouchoir hors de la poche, c'est que le coup avait été maladroitement exécuté. Mais Dickens, je m'en apercevais à présent, n'avait considéré que la technique grossière du métier, l'habileté des doigts ; il est probable qu'il n'avait jamais vu opérer sur un sujet vivant, il n'avait certainement pas eu l'occasion de constater, comme un hasard providentiel me le permettait ce jour-là, qu'un pickpocket a besoin pour son travail au grand jour non seulement de toute son adresse manuelle, mais encore d'une grande préparation de l'esprit, d'une maîtrise de soi, d'un sens psychologique très exercé, à la fois calme et rapide, et avant tout d'un courage forcené, insensé. Il faut au pickpocket, je le compris au bout de vingt minutes d'observation, la rapidité du chirurgien — la perte d'une seconde serait fatale — qui fait une suture au cœur ; et pourtant, avant l'opération, le patient a été soigneusement chloroformé ; il ne peut ni bouger, ni se défendre. Au contraire, la main prompte et légère du voleur à la tire doit frôler un corps aux sens en éveil ; et les hommes sont particulièrement chatouilleux à l'endroit de leur portefeuille. Pendant qu'il accomplit son vol, alors que rapide comme l'éclair il allonge la main, en cet instant pathétique entre tous il lui faut garder le contrôle de ses nerfs et des muscles de son visage ; il lui faut prendre un air indifférent, presque ennuyé. Il ne peut pas trahir son émotion ; ce n'est pas comme l'assassin dont les yeux reflètent la férocité tandis que son couteau s'abat. Le pickpocket, lui, tout en avançant la main doit poser sur sa victime un regard calme, bienveillant, et, après l'avoir bousculée, lui adresser un « Pardon, monsieur » de sa voix la plus naturelle. Mais il ne suffit pas qu'il soit attentif, avisé, adroit, au moment même où il opère; il doit auparavant prouver son intelligence, son expérience des hommes : c'est un psychologue, un physiologue, qui classe ses victimes selon les chances de succès qu'elles lui offrent. Seuls, en effet, les distraits, les naïfs sont dignes d'intérêt, et encore parmi ceux-ci ne sont à retenir que ceux dont la veste est déboutonnée, ceux qui ne marchent pas trop vite et dont il est facile de s'approcher sans éveiller l'attention. Sur cent, sur cinq cents passants, je l'ai vérifié pendant cette heure, deux ou trois personnes tout au plus présentent des chances de réussite. Un pick-pocket judicieux ne s'attaquera qu'à un nombre restreint de personnes et encore, la plupart du temps, sa tentative échouera-t-elle à la dernière seconde en raison de la multiplicité des hasards indispensables à son succès. Je puis en témoigner : cette profession exige une somme énorme de connaissances psychologiques, une vigilance incroyable, un sang-froid peu commun; songez que ce voleur, l'esprit toujours tendu, doit choisir ses victimes, se glisser auprès d'elles et veiller en même temps à ce qu'on ne l'observe pas pendant son travail. Un agent, un détective ne le guette-t-il pas au coin de la rue? Quelqu'un, parmi cette foule de curieux qui ne cessent d'encombrer le trottoir, ne l'espionne-t-il pas? Il doit prendre constamment garde à tout cela, et aussi à ce que le reflet de sa main dans une vitrine qu'il n'aurait pas tout d'abord remarquée ne vienne le trahir. Et puis personne ne surveille-t-il son manège de l'intérieur d'une boutique ou du haut d'une fenêtre? L'effort qu'il doit déployer n'est pour ainsi dire rien à côté du danger qu'il court : un geste trop vif, trop nerveux, lui coûtera la liberté, un faux mouvement, une erreur, lui vaudront de passer quelques années à l'ombre. Le vol à la tire, au grand jour, en plein boulevard, je le sais à présent, est un travail de Titan, un acte de courage de premier ordre, et depuis ce temps je trouve vraiment inique que les journaux traitent cette catégorie de voleurs comme des délinquants sans importance et ne leur consacrent que trois lignes dans une petite rubrique. Ils amoindrissent ainsi injustement ou plutôt par défaut d'imagination cette manifestation d'énergie ; car l'escamotage d'une montre ou d'un porte-monnaie au milieu du boulevard n'exige pas moins d'efforts, pas moins d'attention que le lancement d'un ballon stratosphérique qui, lui, excite la curiosité générale ; pas moins de courage personnel que n'en réclame une entreprise militaire ou politique. Et si le public ne jugeait pas les actes d'après leurs fins, leurs résultats, mais d'après la somme réelle d'énergie dépensée, il ne traiterait pas (dans sa juste colère) avec autant de mépris inconsidéré ces francs-tireurs de la rue. Parmi toutes les professions légales et illégales de notre société, celle-ci est une des plus difficiles et des plus périlleuses ; une profession qui, pratiquée dans toute sa perfection, pourrait presque prétendre au nom d'art. Il m'est permis de le dire, je puis le certifier, car en ce jour d'avril j'ai vu travailler un pickpocket, j'ai été son complice.

Je n'exagère pas en disant son complice : en effet, ce n'est qu'au début, au cours des premières minutes que je pus observer froidement le travail de cet homme ; mais un spectacle passionnant provoque irrésistiblement en nous une émotion qui nous fait participer au jeu de l'acteur, et c'est ainsi que je commençai peu à peu, inconsciemment et involontairement, à m'identifier avec ce voleur, à entrer dans sa peau, en quelque sorte, à me servir de ses mains ; de simple spectateur, j'étais devenu son complice spirituel. Le premier effet de cette métamorphose fut qu'au bout d'un quart d'heure d'observation, à ma propre surprise, je classais déjà tous les passants selon le plus ou moins de facilité qu'il y aurait à les voler. Je remarquais si leur veste était ouverte ou boutonnée, s'ils avaient l'air distraits ou éveillés, si leur portefeuille promettait d'être bien garni, bref, s'ils étaient dignes d'intérêt ou non pour mon nouvel ami. Je dus bientôt constater que je n'étais plus neutre dans ce combat, mais que je formais des vœux sincères bien que secrets pour son succès ; je dus même me contraindre pour ne pas l'aider dans son travail. De même que celui qui assiste à une partie de cartes est violemment tenté d'indiquer au joueur par un léger coup de coude la carte qu'il doit jouer, de même j'étais dévoré du désir de faire, un clin d'œil à mon ami lorsqu'il laissait passer une occasion favorable : celui-là, vas-y ! le gros, là-bas, qui porte un grand bouquet de fleurs sous le bras ! Une fois, je fus tenté de l'avertir : alors que mon ami avait replongé dans la foule, un agent apparut à l'improviste au coin de la rue ; la peur me fit vaciller sur mes jambes, comme si c'était moi qu'on eût pu arrêter ; je sentais déjà la lourde patte de l'agent s'abattre sur son épaule — sur mon épaule. Mais quelle délivrance ! mon maigriot s'était glissé le plus innocemment du monde hors de la cohue, à la barbe du redoutable fonctionnaire. Tout cela était captivant, mais ne me satisfaisait plus ; plus je m'identifiais avec cet homme, plus je commençais à comprendre sa manœuvre qui avait consisté jusqu'ici en une vingtaine d'inutiles travaux d'approche, et plus je m'impatientais de ce qu'il ne fît qu'essayer et que palper au lieu de prendre. Ses hésitations maladroites et ses abandons successifs commençaient à m'irriter justement. Bon sang, vas-y donc carrément, poltron ! Un peu plus de courage ! Essaye donc avec celui-là ! Allons, décide-toi !

Heureusement, mon ami, qui ne se doutait pas de ma collaboration indésirable, ne se laissa en aucune façon induire en erreur par mon impatience. Et voilà bien l'éternelle différence entre le véritable artiste et le novice, l'amateur, le dilettante : c'est que l'artiste connaît par expérience la nécessité de l'insuccès qui précède fatalement toute réussite digne de ce nom. Il s'est entraîné à attendre patiemment l'ultime et décisive occasion ! De même qu'un poète passe indifférent à côté de mille idées séduisantes et fécondes en apparence — il n'y a que l'amateur dont la main téméraire ne connaisse pas l'hésitation — avant de s'arrêter à l'image définitive, de même ce gringalet laissait échapper des centaines d'occasions que moi, le dilettante, j'aurais jugées favorables. Il faisait des essais, se rapprochait des passants, palpait, tâtait, et avait déjà glissé sa main dans une vingtaine de poches au moins. Mais il ne volait pas ; patiemment, inlassablement, toujours avec le même naturel habilement feint, il faisait et refaisait les cent pas qui le séparaient de la boutique, tout en évaluant les chances qui s'offraient à lui d'un coup d'œil oblique mais rapide et en les comparant sans doute aux dangers à courir, imperceptibles au débutant que j'étais. Il y avait quelque chose dans cette calme et tranquille persévérance qui m'enthousiasmait et me garantissait un succès final, car, précisément, son entêtement énergique annonçait qu'il n'abandonnerait pas la partie sans avoir réussi son coup. J'étais donc plus que jamais décidé à ne pas m'en aller avant sa victoire, dussé-je attendre jusqu'à minuit. Mais voici midi, l'heure de la crue où soudain rues et ruelles, escaliers et cours déversent dans le grand lit du boulevard une multitude de petits torrents humains. Ouvriers, couturières et employés de ces innombrables ateliers, offices et bureaux exigus situés au deuxième, au troisième, au quatrième étage, quittent leurs occupations et se précipitent tous à la fois dans la rue : hommes en blouse blanche ou en veston de travail, midinettes bavardes enlacées par deux ou par trois, un bouquet de violettes au corsage, petits employés en jaquette portant sous le bras l'inévitable serviette de cuir, tout ce monde, aux formes multiples et indéfinies, du travail invisible et caché des capitales a besoin de se dégourdir les jambes ; il court, se heurte, bourdonne, hume l'air avec avidité, le rejette avec la fumée des cigarettes, entre, sort, emplit la rue pendant une heure d'une joyeuse animation. Mais pendant une heure seulement, car tous ces gens devront retourner ensuite derrière leurs fenêtres fermées, à leurs tours, à leurs machines à coudre et à écrire, à leurs presses, à leurs additions, à leurs magasins, à leurs échoppes ; c'est pourquoi leurs muscles qui le savent bien se tendent avec tant de force et d'ardeur ; c'est pourquoi leur esprit jouit si pleinement de cette petite heure de liberté, recherche si avidement la lumière et la gaieté, accueille avec empressement un bon mot, un bref plaisir.

Rien d'étonnant à ce que la boutique aux singes fût la première à profiter de ce besoin d'amusement gratuit. Des groupes compacts se formèrent devant la vitrine pleine de promesses ; au premier rang les midinettes, dont les gazouillements aigus semblaient s'échapper d'une volière en dispute ; derrière elles se pressaient ouvriers et flâneurs, qui les lutinaient en lançant des plaisanteries salées. Et plus le groupe de spectateurs devenait important et dense, plus mon poisson jaune nageait et plongeait dans la foule, tantôt ici, tantôt là, avec un courage et une rapidité toujours croissants. Impossible à présent de rester plus longtemps immobile à mon poste d'observation ; il fallait que je visse ses doigts de près afin d'apprendre le chic du métier. Mais la chose était difficile, car cette fine mouche avait un art tout particulier de se glisser comme une anguille à travers les moindres interstices de la foule ; c'est ainsi qu'à un certain moment il disparut comme par magie, alors que je le croyais encore à mes côtés ; au même instant, je le revis en avant, tout contre la vitrine. D'un seul élan il avait dû gagner trois ou quatre rangs.

Bien entendu je fis tous mes efforts pour le suivre, car je craignais qu'avant d'avoir atteint moi-même la devanture il n'eût déjà disparu avec son adresse de plongeur si personnelle. Mais non, il était là immobile, étrangement immobile. Attention ! me dis-je aussitôt, cela doit avoir une signification. Et je me mis à examiner ses voisins. Il y avait à côté de lui une femme de corpulence anormale, personne de pauvre apparence. A sa droite, elle tenait tendrement par la main une pâle fillette d'une dizaine d'années ; à son bras gauche pendait un sac à provisions ouvert, de cuir bon marché, d'où sortaient en toute liberté deux longues baguettes de pain ; évidemment elle y avait entassé le déjeuner du mari. Cette brave femme du peuple — nu-tête, un fichu de couleur criarde, une robe à carreaux de grosse cotonnade et de sa confection — éprouvait un enthousiasme indescriptible à la vue des singes ; tout son vaste corps un peu bouffi était si secoué par le rire que les deux baguettes de pain se balançaient dans son sac ; en même temps, elle poussait de tels cris de joie, elle lançait de tels gloussements qu'elle ne tarda pas à devenir un sujet de divertissement aussi comique que les singes eux-mêmes. Elle jouissait de ce rare spectacle avec la joie débordante et naïve d'une nature primitive, avec cette admirable reconnaissance des gens à qui la vie a peu accordé de plaisirs ; ah ! il n'y a que les pauvres qui puissent être aussi sincèrement reconnaissants, eux seuls, pour qui le comble de la jouissance est un plaisir gratuit, offert en quelque sorte par le ciel. De temps en temps la brave femme se penchait vers son enfant pour lui demander si elle voyait bien et si elle ne perdait aucune des grimaces des singes. Elle ne cessait d'encourager d'un « Regarde donc, Marguerite », pimenté d'un fort accent méridional, la pâle fillette, trop intimidée pour manifester sa joie devant tant d'inconnus. Elle était magnifique à voir cette femme, cette mère, vraie fille de Gaia, fruit sain et plein de sève du peuple français ; on aurait aimé l'embrasser, l'excellente créature, pour sa bruyante et insouciante gaieté. Mais, soudain, je fus pris d'un sentiment d'inquiétude. Je remarquai en effet qu'une manche de pardessus jaune se rapprochait de plus en plus du sac à provisions qui béait innocemment (seuls les pauvres sont sans méfiance).

Pour l'amour du ciel ! Tu ne vas pas chiper la maigre bourse de cette brave ménagère, de cette femme si gaie et si sympathique ? Je sentis soudain une révolte gronder en moi. Jusqu'à présent, j'avais observé ce pickpocket en sportsman, j'avais agi avec son corps, pensé avec sa tête, partagé ses sentiments ; j'avais espéré, souhaité même qu'il réussit ne fût-ce qu'une fois en récompense d'une telle dépense d'énergie et de courage en face d'un si grand danger. Mais maintenant que je voyais non seulement la tentative de vol, mais encore la personne qu'on allait voler, cette femme d'une naïveté touchante, d'une confiance heureuse, qui, pour gagner quelques sous, devait fourbir escaliers et parquets pendant des heures, la colère me prit. Va-t'en mon bonhomme, lui aurais-je crié, cherche une autre victime que cette pauvre femme ! Déjà j'avais fait de violents efforts pour rejoindre la femme et protéger le sac en péril, déjà j'étais en train d'effectuer ma percée, quand justement mon gaillard se retourne et passe en se serrant tout contre moi. « Pardon monsieur », dit-il, d'une voix grêle et timide. Le petit homme jaune s'était glissé hors de la foule. Aussitôt, je ne sais pourquoi, j'eus l'intuition qu'il venait de faire son coup. Il s'agissait maintenant de ne plus le quitter des yeux ! « Brute ! » lança derrière moi un monsieur à qui j'avais écrasé le pied. Je me frayai un passage en jouant des coudes et j'arrivai juste à temps pour voir s'agiter le pardessus serin à l'angle du boulevard et d'une rue adjacente. Suivons-le ! Suivons-le ! Ne le lâchons pas d'une semelle ! Mais il me fallut accélérer le pas, car, je n'en croyais pas mes yeux, le bonhomme que je venais de surveiller pendant une heure entière s'était soudain transformé. Tout à l'heure, il semblait n'avancer que d'un pas timide et presque chancelant ; à présent, il filait comme une belette, en rasant les murs ; il marchait du pas affairé d'un fonctionnaire qui a manqué l'autobus et qui se hâte pour arriver à l'heure à son bureau. Il n'y avait aucun doute ; c'était là son allure après l'action, l'allure numéro deux du pickpocket qui veut s'esquiver le plus vite possible sans attirer l'attention. Et la chose était sûre, le coquin avait chipé le porte-monnaie de cette pauvre femme !

Dans mon premier mouvement de colère, je faillis donner l'alarme et crier : « Au voleur ! » Mais le courage me manqua. D'ailleurs je n'avais pas vu le vol lui-même, je n'avais pas le droit d'accuser à la légère. Et puis il faut une certaine audace pour arrêter un homme et jouer au justicier à la place de Dieu ; je n'ai jamais eu le courage d'accuser ni de dénoncer personne. Je sais trop bien que toute justice est fragile et qu'il est présomptueux de vouloir édifier le droit, dans un monde aussi confus que le nôtre, sur la faible base d'un simple fait. Mais comme je me hâtais derrière le pickpocket tout en réfléchissant à ce que je devais faire, une nouvelle surprise m'attendait : deux rues plus loin à peine, cet étonnant personnage adopta une troisième allure. Il ralentit soudain sa marche, cessa de se contracter, releva la tête et se mit à marcher posément, à se promener tranquillement, comme un simple particulier. Visiblement, il se savait hors de la zone dangereuse ; personne ne le poursuivait, personne ne pouvait plus le livrer. Je compris qu'il allait respirer à son aise, se reposer de cette effrayante tension d'esprit ; il était devenu en quelque sorte un pickpocket retraité, retiré des affaires, un des millions de Parisiens qui usent le pavé, la cigarette aux lèvres ; notre gringalet montait maintenant la rue de la Chaussée-d'Antin avec un air de candeur inébranlable, d'un pas tranquille et nonchalant, et j'eus même l'impression qu'il commençait à prêter attention à la beauté des passantes ou à leur humeur peu farouche.

Où vas-tu, à présent, homme surprenant ? Tiens ! au square de la Trinité, enclos de buissons aux tendres pousses ? Pourquoi ? Ah ! je comprends, tu veux te reposer quelques minutes sur un banc, c'est tout naturel. Ces marches et contremarches continuelles ont dû t'épuiser. Eh bien ! pas du tout, l'homme n'alla pas s'asseoir sur un banc, mais il se dirigea résolument — je vous en demande pardon ! — vers certain petit chalet, réservé à des usages tout particuliers, dont il referma soigneusement la porte derrière lui.

Tout d'abord, je fus pris d'un fou rire : le génie d'un artiste finit-il dans un chalet de nécessité ? Ou bien est-ce la peur qui t'aurait remué à ce point les entrailles ? Encore une fois, je voyais que la vérité, toujours bouffonne, s'entend à dessiner les arabesques les plus amusantes et sait se montrer plus audacieuse que l'écrivain le plus ingénieux. Elle mêle hardiment le grotesque au merveilleux et place avec malice l'éternel humain à côté du prodigieux. Pendant que j'attendais assis sur un banc — sinon, que faire ? — je trouvai la clé du mystère : ce maître éminent, cet homme expert n'agissait qu'en parfait accord avec la logique professionnelle : il se mettait derrière ces quatre murs pour compter son gain. Et puis il y avait aussi, je ne m'en rendis pas compte immédiatement, cette difficulté, insoupçonnable pour nous autres profanes, à laquelle doit savoir faire face tout pickpocket digne de ce nom : il faut qu'il se défasse, sans en laisser aucune trace, des preuves palpables de son vol. Rien de plus malaisé, dans une ville qui jamais ne dort, où des millions d'yeux vous épient, que de trouver la protection de quatre murs derrière lesquels on soit complètement caché ; un lecteur peu assidu des débats judiciaires serait surpris du nombre des témoins qui, à la moindre affaire, accourent à la barre, armés d'une mémoire d'une précision diabolique. Déchirez une lettre dans la rue et jetez-la au ruisseau, une douzaine de personnes vous ont vu faire, sans que vous vous en doutiez, et, cinq minutes plus tard, quelque jeune flâneur s'amusera peut-être à en rassembler les morceaux. Supposons que la nouvelle du vol d'un portefeuille se répande dans la ville un jour où vous aurez fait l'inspection du vôtre sous quelque porte cochère ; le lendemain, une femme que vous n'avez jamais vue courra chez le commissaire et lui donnera de votre personne un signalement minutieux que Balzac n'aurait pas désavoué. Descendez dans un hôtel ; le garçon, à qui vous n'avez pas fait attention, aura remarqué vos vêtements, vos chaussures, votre chapeau, la couleur de vos cheveux et la forme pointue ou arrondie de vos ongles. Il y a derrière chaque fenêtre, chaque vitrine, chaque rideau, chaque pot de fleurs, deux yeux qui vous épient ; vous êtes à cent lieues de vous croire surveillé, vous pensez errer à travers les rues solitaire, ignoré, et vous êtes environné d'espions bénévoles. La curiosité tend tout autour de notre existence un réseau de mailles fines sans cesse renouvelé.

Elle était donc excellente, ô artiste consommé, ton idée d'acquérir pour quelques minutes moyennant cinq sous l'inviolabilité de ces quatre murs. Personne ne peut t'espionner pendant que tu fais disparaître l'objet accusateur ; et moi-même, ton compagnon, ton double, qui attends ici, content et déçu tout à la fois, je ne pourrai pas vérifier le montant de ton larcin.

Du moins je le pensais, mais il en advint tout autrement. A peine eut-il poussé la porte de ses doigts maigres, que je connus sa malchance aussi bien que si j'eusse fait ses comptes avec lui ; quel pitoyable butin ! La façon dont il traînait les pieds, son air désabusé, son extrême fatigue, son regard baissé, filtrant sous ses lourdes et molles paupières, m'apprenaient que le déveinard avait déambulé inutilement toute la matinée. Le portemonnaie volé ne contenait rien de fameux (j'aurais pu te le prédire) : une boîte à poudre, peut-être, la clé du logis, une glace cassée, un mouchoir, un crayon et à l'extrême rigueur deux ou trois coupures de dix francs chiffonnées. Bien peu de chose en comparaison de ce déploiement d'activité, des terribles dangers courus ; et beaucoup trop, hélas ! pour l'infortunée ménagère qui, à cette heure, sans doute, rentrée chez elle, raconte en larmes aux voisines, pour la septième fois, sa mésaventure, vocifère contre ces vermines de pickpockets et, dans son désespoir, ne cesse d'exhiber d'une main tremblante le sac à provisions dévalisé. Je supposais donc que mon pauvre voleur avait fait chou blanc et, au bout de quelques instants, ma supposition se vit confirmée. En effet, ce petit tas de misère — c'était la mesure à laquelle l'avait réduit son épuisement physique et moral — s'arrêta devant la vitrine d'une modeste cordonnerie et resta un long moment à contempler les chaussures les moins chères qui y étaient exposées. Des chaussures neuves ! il en avait vraiment besoin pour remplacer les lambeaux de cuir qui entouraient ses pieds, il en avait un besoin plus pressant que les cent mille flâneurs qui foulaient le pavé de Paris avec de bonnes semelles de cuir ou de crêpe silencieux. Il lui en fallait pour exercer son louche métier. Mais son regard à la fois avide et désespéré était significatif : le coup qu'il avait fait ne lui permettait pas l'achat de cette paire de souliers brillants marquée cinquante-quatre francs ; le dos voûté, il se détourna de la vitrine miroitante et continua son chemin.

Où se dirigeait-il ? Allait-il recommencer sa chasse périlleuse ? Risquer encore une fois sa liberté pour un butin insuffisant, dérisoire ? N'en fais rien, malheureux, repose-toi au moins un instant. Et vraiment, comme si un fluide magnétique lui avait transmis mon désir, il tourna à l'angle d'une rue étroite et s'arrêta finalement devant un restaurant à bon marché. Il me parut naturel de le suivre, car j'étais décidé à tout savoir de cet homme qui m'avait fait vivre près de deux heures de fièvre et d'impatience angoissée. J'achetai un journal, pour pouvoir, le cas échéant, me cacher le visage, puis, ayant rabattu mon chapeau sur les yeux, j'entrai dans la salle et me plaçai à une table non loin de la sienne. Mais le pauvre type n'avait plus la force d'être curieux. Epuisé, vidé, il fixait la vaisselle blanche d'un regard éteint, et lorsque le garçon lui apporta du pain, ses mains maigres et osseuses s'agitèrent et s'en emparèrent avec avidité. La précipitation avec laquelle il commença à mâcher me révéla toute l'émouvante vérité : le pauvre diable avait faim et c'était là une faim vraie et sincère ; il avait faim depuis l'aurore, depuis la veille peut-être, et la commisération qu'il m'inspirait devint encore plus vive lorsque le garçon lui apporta la boisson qu'il avait commandée : une bouteille de lait. Un voleur qui boit du lait ! Il y a toujours de petits détails qui éclairent les profondeurs de l'âme comme le ferait la flamme soudaine d'une allumette ; au moment où je vis le pickpocket boire ce lait blanc et doux, la plus innocente, la plus enfantine des boissons, il cessa bientôt d'être un voleur à mes yeux. Il n'était plus qu'un de ces êtres malades, traqués, pitoyables, dont fourmille notre société mal faite ; je sentis tout à coup qu'un lien plus puissant que celui de la curiosité m'attachait à lui. Devant chaque manifestation de l'animalité, devant la fatigue, la faim, la nudité, devant chaque besoin de la chair douloureuse toutes les barrières qui séparent les hommes s'effondrent ; ces subtiles catégories qui partagent l'humanité en êtres justes et injustes, en honnêtes gens et en criminels disparaissent ; il ne reste plus que l'éternel animal, la pauvre créature terrestre, qui doit manger, boire, dormir comme vous et moi, comme tout le monde. Interdit, je le regardais avaler ce lait épais à petites gorgées mesurées mais avides, puis ramasser ses miettes de pain ; j'eus honte de moi, d'avoir laissé courir sur sa sombre route, pour ma seule curiosité, ce malheureux être pourchassé — comme j'aurais regardé courir un cheval de course — sans essayer de l'arrêter ni de lui venir en aide. Je fus pris d'une envie folle d'aller à lui, de lui parler, de lui offrir quelque chose. Mais comment m'y prendre ? Comment l'aborder ? Je cherchai, je me creusai la tête pour trouver un prétexte, une raison, mais je ne trouvai rien. Nous sommes ainsi faits : réservés à en être lâches là où il faudrait prendre une décision ; hardis dans nos projets et ridiculement timides dès qu'il s'agit de franchir le mince espace qui nous sépare de notre prochain, même quand on le sait dans le besoin. Mais, personne ne l'ignore, quoi de plus difficile que d'aider un homme avant qu'il n'appelle au secours ? Il met dans son obstination à ne rien demander son bien suprême, sa fierté, qu'il ne nous appartient pas de blesser. Seuls les mendiants facilitent notre tâche et nous devons les remercier de ne pas nous empêcher de leur venir en aide. Mon homme était un de ces fiers caractères qui préfèrent risquer leur liberté, leur vie, plutôt que de mendier. Ne serait-il pas épouvanté si j'allais l'accoster maladroitement sous un prétexte quelconque ? Et puis il était affalé sur son siège avec un tel air d'épuisement qu'il eût été cruel de le déranger. Il avait poussé sa chaise tout contre le mur, ce qui lui permettait d'y appuyer sa tête, et ses lourdes paupières venaient de se fermer. Je comprenais, je sentais qu'il eût aimé dormir, ne fût-ce que cinq minutes. Sa fatigue gagnait mon propre corps. La couleur livide de son visage n'était-elle pas le reflet d'une cellule blanchie à la chaux ? Et ce trou, dans sa manche, visible à chacun de ses mouvements, ne proclamait-il pas l'absence de toute sollicitude, de toute tendresse féminine dans sa vie ? J'essayai de me représenter son existence : un septième mansardé, un lit de fer malpropre dans une chambre froide, une cuvette de toilette ébréchée ; pour tout avoir une petite valise et pour compagne dans cette chambre étroite la peur, la peur d'entendre gémir l'escalier sous les pas pesants des policiers ; cette vision dura deux ou trois minutes, juste le temps pour lui d'appuyer, harassé, son corps maigre et sa tête légèrement grisonnante contre le mur. Mais déjà le garçon mécontent ramassait son couvert : il n'aimait pas ce genre de clients retardataires et traînards. Je payai le premier et sortis rapidement pour éviter le regard du malheureux ; quand il fut dans la rue quelques minutes plus tard, je le suivis ; à aucun prix, je ne voulais abandonner ce pauvre homme à lui-même.

A présent, ce n'était plus comme ce matin une curiosité fébrile et avide de découvertes qui m'attachait à lui ; ce n'était plus l'envie de me divertir en faisant l'apprentissage d'un métier que j'ignorais ; une peur sourde m'étreignait maintenant la gorge, je me sentais terriblement oppressé, et cette oppression devint plus pénible encore lorsque je m'aperçus qu'il reprenait le chemin des grands boulevards. Pour l'amour du ciel, tu ne vas pas retourner devant la boutique aux singes ? Ne fais pas de bêtises, réfléchis, voyons ! Il y a longtemps que cette femme doit avoir averti la police ; on t'attend, là-bas, pour t'empoigner par le col de ton mince pardessus. Et puis, tiens, quitte ton travail pour aujourd'hui ! Ne tente rien de nouveau, tu n'es pas en forme. Il n'y a plus de force, plus d'élan en toi, tu es las et tout ce qu'entreprend un artiste fatigué est mal fait... Repose-toi, plutôt, mets-toi au lit, mon pauvre homme ! Aujourd'hui arrête-toi là ! Il est impossible d'expliquer comme j'eus le pressentiment, l'hallucinante conviction qu'il allait se faire pincer à sa première tentative. Mon inquiétude grandit à mesure que nous nous approchions du boulevard ; on entendait déjà le grondement de son éternelle cataracte. Non, ne retourne à aucun prix devant cette boutique, je ne le souffrirai pas, triple sot !

Déjà j'étais derrière lui, prêt à lui saisir le bras et à l'empêcher d'aller plus loin. Mais comme s'il avait deviné une fois de plus ma muette injonction, mon gaillard fit un crochet. Nous étions rue Drouot, il traversa la chaussée et se dirigea vers un des immeubles de l'autre trottoir avec autant d'assurance que s'il y eût demeuré. Je reconnus aussitôt cette maison : c'était l'Hôtel des Ventes !

Cet homme étonnant continuait à me déconcerter ; tandis que je m'efforçais de percer le mystère de sa vie, quelque chose en lui devait l'obliger à prévenir mes désirs les plus secrets. Paris compte bien cent mille maisons, et c'était justement à celle-ci que, ce matin, j'avais eu l'idée de me rendre parce que sa visite est toujours pour moi instructive, captivante et extrêmement amusante. Apparemment insignifiant, mais plus vivant qu'un musée et souvent aussi riche en trésors, toujours changeant, toujours différent, toujours le même, cet Hôtel Drouot est certes une des plus pittoresques curiosités de Paris, dont il nous offre un surprenant résumé de la vie matérielle. Ce qui forme entre les quatre murs d'un logement un tout organique se retrouve là, dispersé et réduit en d'innombrables pièces détachées, comme le corps dépecé d'un énorme animal dans une boucherie. Les objets les plus étranges et les plus disparates, les plus sacrés et les plus usuels communient dans une complète intimité ; tout ce qui est exposé là va devenir de l'argent : lits et crucifix, chapeaux et tapis, pendules et cuvettes, marbres de Houdon et couverts en tombac, miniatures perses et étuis à cigarettes argentés, vieux vélos voisinant avec les premières éditions de Paul Valéry, phonos à côté de madones gothiques, tableaux de Van Dyck côte à côte avec des croûtes crasseuses, sonates de Beethoven tout près de fourneaux brisés, les choses les plus nécessaires et les plus futiles, celles du goût le plus affreux et du plus grand raffinement artistique, petites et grandes, vraies et fausses, vieilles et neuves — tout cela va faire de l'argent ; toutes les créations issues de la main et de l'esprit des hommes, les plus nobles et les plus stupides, se déversent dans cette cornue qui absorbe et rejette avec une féroce indifférence les richesses de la ville gigantesque. C'est dans cet entrepôt où l'on dénombre et monnaye impitoyablement tout ce qui a de la valeur, c'est dans cette foire immense aux vanités et aux nécessités humaines, dans ce lieu fantastique que l'on sent mieux que partout ailleurs la diversité confuse de notre monde matériel. Là l'indigent peut tout vendre, le riche tout acquérir ; il suffit de voir et d'écouter pour s'y perfectionner dans l'histoire de l'art, l'archéologie, la bibliophilie, l'expertise des timbres-poste, la science numismatique et surtout en psychologie. Aussi divers que ces objets qui se reposent un court moment des fatigues de la servitude et que des mains étrangères vont emporter loin de là, des hommes de toutes les races, de toutes les classes sociales, dont les yeux inquiets reflètent la passion des affaires ou le fanatisme mystérieux du collectionneur, se pressent autour de la table des enchères, curieux et avides. De gros commerçants en pelisse et au melon soigneusement brossé sont assis à côté de petits antiquaires et de marchands de bric-à-brac malpropres, désireux de remplir leur boutique à peu de frais ; çà et là, quelques compères et intermédiaires bavardent et chuchotent ; des racoleurs, des gens chargés de pousser aux enchères, hyènes inévitables de ce champ de bataille, s'empressent de repêcher un objet avant qu'il ne soit trop tard, ou bien, quand ils voient un collectionneur mordre sérieusement à une affaire, surenchérissent en échangeant des œillades complices. Des bibliophiles à binocles, passés à l'état de parchemin, viennent rôder par là à la façon de tapirs somnolents ; puis arrivent en gazouillant, oiseaux de paradis multicolores, des dames couvertes de perles qui ont dépêché des domestiques pour leur retenir une place au premier rang ; dans un coin, immobiles, tels des hérons, lançant des regards circonspects, se tiennent les vrais connaisseurs, la franc-maçonnerie des collectionneurs. Il y a aussi derrière tous ces gens amenés là par intérêt, curiosité ou amour de l'art, de pauvres diables venus se mettre à l'abri, des badauds qu'amuse et fascine le feu des enchères. La seule espèce humaine que je n'y avais jamais vue, dont je n'avais jamais soupçonné la présence en ces lieux, c'était la gilde des pickpockets. Mais maintenant que je voyais mon ami s'y faufiler avec son sûr instinct, je compris aussitôt qu'un pareil endroit devait être le champ d'action idéal, voire le plus favorable de Paris à l'exercice de son talent. Les éléments nécessaires s'y trouvaient merveilleusement réunis : une foule effrayante à peine supportable, la diversion indispensable que ne peuvent manquer de provoquer l'attrait du spectacle, la fièvre des enchères, la minute de l'adjudication ; ajoutez à cela qu'une salle des ventes est avec le champ de courses un des derniers endroits du monde moderne où l'on paye comptant, ce qui permet de supposer qu'un portefeuille bien garni bombe la poche de chaque veston. C'est là et nulle part ailleurs qu'une main experte trouve les meilleures occasions, et, certainement, je ne m'en rendais compte qu'à présent, le petit essai de ce matin n'avait été pour mon ami qu'un exercice ; il s'apprêtait à faire un véritable coup de maître.

Et pourtant, alors qu'il montait d'un pas traînant l'escalier qui conduit au premier, je l'aurais volontiers retenu par la manche de son manteau. Bon Dieu ! Ne vois-tu pas cet écriteau rédigé en trois langues : « Beware of pickpockets » — « Attention aux pickpockets » — « Achtung vor Taschendieb ! » — Ne le vois-tu pas, étourneau ? On se méfie de tes semblables, ici ; et certainement plusieurs policiers se sont glissés dans la foule ; d'ailleurs, crois-moi : tu n'es pas en forme, aujourd'hui. Mais en véritable connaisseur de la situation, il gravissait tranquillement les marches, tout en jetant un regard indifférent à la pancarte qu'il paraissait bien ne pas ignorer. Sa décision de monter au premier était d'un habile tacticien, il fallait le reconnaître ; on ne vend dans les salles du bas que de grossiers ustensiles, des meubles, des coffres, des armoires, autour desquels se presse et tourbillonne la troupe ingrate et peu aimable des brocanteurs, qui rangent peut-être encore leur argent dans leur ceinture selon la vieille mode et à qui il ne serait ni prudent ni profitable de se frotter. Au contraire, les objets de valeur, bijoux, tableaux, livres, autographes, parures se vendent dans les salles du premier étage ; c'est là, à coup sûr, que se trouvent les poches les mieux remplies et, partant, le plus riche butin.

J'avais de la peine à suivre mon ami, car il naviguait en tous sens, de l'entrée principale à chacune des différentes salles, voulant sans doute évaluer les chances respectives qu'elles lui offraient. Patient et obstiné comme un gourmet devant un menu de choix, il lisait de temps en temps les affiches. Il se décida finalement pour la salle 7 où se vendait « la célèbre collection de porcelaine chinoise et japonaise de Mme la comtesse Yves de G... ». Certainement il y avait là aujourd'hui des objets de prix, car les gens étaient tellement nombreux, si serrés les uns contre les autres que, de la porte d'entrée, il était impossible d'apercevoir la table aux enchères, masquée par un solide mur humain de peut-être vingt ou trente rangs. On ne saisissait de notre place que les gestes amusants du commissaire-priseur qui, du haut de son estrade, son marteau blanc à la main, dirigeait à la manière d'un chef d'orchestre la symphonie des enchères au rythme régulier d'un prestissimo entrecoupé de longues pauses inquiétantes. Avec l'affabilité étudiée d'un acrobate, il saisissait gracieusement au passage les offres diverses comme une balle multicolore : « Six cents, six cent cinq, six cent dix » et relançait ces mêmes chiffres tout auréolés de gloire, pour ainsi dire, en traînant sur les voyelles, en détachant les consonnes. De temps en temps, il jouait le rôle d'animateur, lorsqu'une enchère restait en plan et que la valse des chiffres s'arrêtait, il exhortait la foule avec un sourire engageant : « Personne à gauche ? Personne à droite ? » ; tantôt, le front barré d'un petit pli dramatique, il menaçait l'assistance d'un : « J'adjuge ! » en levant d'un air décidé son marteau d'ivoire ; ou bien il disait en souriant : « Voyons, Messieurs, ce n'est pas le prix ! » Entretemps, il saluait par-ci par-là une connaissance d'un air entendu, encourageait d'une œillade malicieuse quelques amateurs. C'est d'une voix brève qu'il commençait l'inévitable exposé qui précède la vente d'un nouvel objet, mais à mesure que le prix s'élevait, sa voix montait, afin d'obtenir le maximum d'effet dramatique. Il prenait un indicible plaisir à voir durant des heures ces deux ou trois cents personnes retenir leur souffle, suspendues à ses lèvres ou hypnotisées par son petit marteau blanc. L'illusion trompeuse qu'il avait de diriger les enchères, alors qu'il n'en était que l'instrument, l'enivrait ; il avait des effets de voix qui me rappelaient le paon qui fait la roue ; toutefois, cela ne m'empêchait nullement de remarquer en mon for intérieur que toutes ses gesticulations rendaient à mon ami le même service que les grimaces des trois singes de la matinée, en provoquant l'indispensable diversion.

Mais pour le moment mon vaillant camarade ne pouvait encore tirer aucun parti de cette complicité volontaire : nous étions toujours au dernier rang et toute tentative pour percer cette foule ardente et obstinée me paraissait parfaitement inutile. Mais j'eus une nouvelle occasion de constater combien j'étais encore novice dans cette intéressante profession. Mon camarade, ce maître, ce technicien éprouvé, savait déjà depuis longtemps qu'à chaque fois que le marteau s'abat pour clore une enchère — « 7 260 francs », lançait à cet instant la voix joyeuse de ténor — le mur se désagrège pendant un court moment de détente. Les têtes dressées s'inclinent, les marchands notent les prix dans le catalogue, çà et là un curieux s'en va, pendant une minute un peu d'air pénètre dans cette foule compacte. Avec une rapidité tenant du génie mon ami profita de cet instant pour foncer en avant, tête baissée, comme une torpille. D'une seule poussée, il avait forcé quatre ou cinq rangs, et moi qui m'étais juré de ne pas abandonner l'imprudent à lui-même, je me trouvai tout à coup seul, loin de lui. Je tentai une percée à mon tour, mais déjà la vente reprenait son cours, le mur se refermait et je restai irrémédiablement coincé au plus épais de la foule, comme un char embourbé. Cette presse était terrible, étouffante, agglutinante ; devant, derrière, à droite, à gauche, des vêtements et des corps si serrés que la toux d'un de mes voisins me résonnait dans la poitrine. L'atmosphère était irrespirable, cela sentait la poussière, le renfermé et l'aigre, et par-dessus tout la sueur, comme partout où il est question d'argent. Suffoquant de chaleur, j'essayai d'ouvrir mon veston pour tirer mon mouchoir. Ce fut en vain, j'étais bloqué ; cependant, je ne relâchai pas mes efforts patients et obstinés pour percer la foule rang par rang ; mais il était trop tard ! Le petit pardessus jaune serin avait disparu. Il s'était caché quelque part dans cette foule où personne ne soupçonnait sa dangereuse présence, sauf moi, que secouait un tremblement nerveux causé par l'appréhension mystérieuse d'une catastrophe. A tout moment, je m'attendais à une querelle, à une rixe, à entendre crier « au voleur ! », puis à le voir traîné au-dehors par les manches de son manteau. Je ne puis expliquer comment j'eus l'affreux pressentiment qu'il allait manquer son coup ce jour-là, justement ce jour-là. Pourtant rien ne se produisait ; pas un cri, pas un mot ; au contraire, piétinements, conversations, murmures cessèrent brusquement. Tout devint silencieux comme par enchantement ; comme si elles s'étaient donné le mot, ces deux ou trois cents personnes retenaient leur souffle et regardaient avec une attention redoublée le commissaire-priseur qui recula d'un pas sous le lampadaire, de sorte que son front se mit à briller d'un éclat particulièrement solennel. C'était le tour de l'objet principal de la vente, un immense vase de Chine, cadeau personnel que l'empereur des Célestes avait fait remettre au roi de France, trois siècles plus tôt, par une ambassade, et qui, comme une foule d'autres objets, avait disparu mystérieusement de Versailles pendant la Révolution. Quatre hommes en livrée hissèrent sur la table, avec des gestes prudents et étudiés, l'objet précieux, sphère d'un blanc laiteux veiné de bleu ; le commissaire s'étant éclairci la voix avec dignité, annonça la mise à prix : cent trente mille francs ! Cent trente mille ! Un silence respectueux salua ce chiffre sanctifié par quatre zéros. Personne n'osa commencer sur-le-champ à enchérir, personne n'osait parler ni seulement bouger, le respect avait transformé en un bloc immobile et homogène cette multitude de corps étroitement rivés l'un à l'autre. Cependant, à l'extrémité gauche de la table, un petit homme aux cheveux blancs finit par lever la tête et lança un chiffre, très vite, à voix basse, presque avec embarras : « Cent trente-cinq mille » — « Cent quarante-cinq mille », reprit aussitôt le commissaire-priseur avec autorité. Un spectacle palpitant commença : le représentant d'une importante maison américaine d'antiquités se contentait de lever le doigt, et, à la manière d'une pendule électrique, les enchères faisaient un bond de cinq mille francs ; à l'autre bout de la table, le secrétaire privé d'un grand collectionneur (on chuchotait son nom) faisait énergiquement paroli ; peu à peu, l'enchère devint un dialogue entre les deux amateurs qui placés vis-à-vis l'un de l'autre évitaient obstinément de se regarder ; tous deux adressaient leurs offres au commissaire-priseur, qui les recevait avec une satisfaction visible. Enfin, à « deux cent soixante mille » l'Américain cessa de lever le doigt ; le chiffre proclamé resta en suspens, comme la note gelée du postillon. L'émotion grandit, le commissaire-priseur répéta quatre fois : « deux cent soixante mille... deux cent soixante mille... », cria le chiffre bien haut dans la salle comme on lance un faucon sur sa proie. Puis il attendit, jeta à droite et à gauche des regards attentifs et quelque peu déçus (il aurait bien volontiers poussé le jeu plus loin, hélas !). « Il n'y a plus d'amateurs ? » Sa voix avait presque un accent désolé. Telle une corde tendue, le silence commençait à vibrer. Le marteau s'éleva lentement. Trois cents cœurs s'arrêtèrent de battre... « Deux cent soixante mille francs, une fois... deux fois... trois... »

Le silence pesait comme un seul bloc sur l'assistance muette ; tout le monde retenait sa respiration. Avec une solennité quasi religieuse, le commissaire-priseur tenait au-dessus de la foule recueillie son marteau d'ivoire comme si c'eût été le Saint-Sacrement. Il nous menaça encore une fois d'un « J'adjuge ». Rien. Pas de réponse. « Trois fois ! » Le marteau s'abattit d'un coup sec et irrité. Fini ! Deux cent soixante mille francs. Sous ce petit coup dur le mur vivant vacilla et s'écroula ; il redevint une multitude de visages humains, l'animation reprit, on bougea, on soupira, on cria, on respira, on toussa. Une sorte de vague, une poussée prolongée souleva cette foule qui remuait et se détendait comme si elle n'eût été qu'un seul corps.

La poussée arriva jusqu'à moi sous la forme d'un coup de coude que je reçus en pleine poitrine. En même temps, on me murmurait une excuse : « Pardon, Monsieur ! » Je tressaillis. Cette voix ! O bienfaisant miracle ! c'était lui, lui que je cherchais depuis si longtemps, lui qui me manquait tant ! Quel hasard providentiel ! La vague déferlante l'avait justement amené jusqu'ici. Dieu merci, il était tout près de moi ! Je pouvais enfin veiller sur lui avec attention et le protéger. Naturellement j'évitai de le regarder en face, je guignai non pas son visage mais ses mains, ses instruments de travail ; elles avaient disparu comme par enchantement ; je remarquai bientôt qu'il serrait étroitement contre son corps le bas de ses manches et que, comme quelqu'un qui a froid, il avait rentré ses doigts dans celles-ci pour les cacher. A présent, s'il voulait palper une victime, elle ne pourrait rien sentir d'autre que le frôlement involontaire d'une étoffe molle et inoffensive ; mais la main du voleur se tenait prête, comme la griffe du chat qui fait patte de velours. Voilà qui est habilement conçu ! pensai-je. Mais contre qui se préparait cette attaque ? Je risquai un regard vers son voisin de droite : c'était un monsieur très maigre, à la veste soigneusement boutonnée ; devant mon ami s'étalait le dos puissant d'un second personnage, forteresse imprenable ; je ne voyais donc pas quelle chance de succès pourrait lui offrir un de ces deux individus. Mais tandis qu'on me frôlait légèrement le genou, une idée qui me fit frissonner me traversa l'esprit ; au bout du compte, si ces préparatifs m'étaient destinés ? Imbécile ! Vas-tu donc t'attaquer au seul homme de cette salle qui te connaisse ? Dois-je maintenant, dans une ultime et déconcertante leçon, servir moi-même de champ d'expérience à ton industrie ? En vérité, c'était bien moi qu'il semblait avoir visé. Tout juste ! C'était moi qu'il avait choisi, cet éternel malchanceux, c'était moi, l'ami de ses pensées, le seul qui le connût jusque dans le secret de sa profession ! Il n'y avait plus de doute, c'était bien à moi qu'il en voulait, je ne devais pas m'abuser plus longtemps ! Déjà je sentais nettement le frôlement de son coude le long de mes côtes, je sentais s'avancer petit à petit la manche qui recouvrait sa main, cette main qui, au premier remous agitant la foule, plongerait brusquement entre ma veste et mon gilet. En ce moment, je pouvais encore me protéger : il m'eût suffi, par un simple geste de défense, de me détourner ou de boutonner mon veston, mais, chose étrange, l'appréhension, l'émotion paralysaient mon corps tout entier. Mes muscles et mes nerfs se contractaient comme sous l'action du froid et tandis que j'attendais, terriblement anxieux, j'évaluai avec rapidité ce que contenait mon portefeuille dont je sentais contre ma poitrine la tiède et rassurante présence (dès que notre bourse fait l'objet de nos pensées, chaque partie de notre corps, nerf, dent, orteil, devient aussitôt sensible). Pour le moment, il était donc encore à sa place et je pouvais attendre l'assaut de pied ferme et sans crainte. Mais, chose curieuse, il m'était absolument impossible de savoir si je le désirais ou le redoutais, cet assaut. Mes sentiments à cet égard étaient confus et pour ainsi dire partagés. D'une part, je souhaitais, dans l'intérêt même de ce sot personnage, qu'il s'éloignât de moi ; d'autre part, j'attendais son chef-d'œuvre, son coup décisif avec la contraction terrible du patient qui voit la roulette du dentiste s'approcher de sa dent malade. Mais comme s'il eût voulu me punir de ma curiosité, il ne se pressait pas. Sa main s'arrêtait à chaque instant et cependant je la sentais toute proche. Elle s'avançait avec prudence, centimètre par centimètre, et bien que mon esprit tout entier fût absorbé par ce contact incessant, je suivais attentivement l'ascension des enchères, comme si ma pensée se fût dédoublée : « Trois mille sept cent cinquante... plus d'amateurs ?... trois mille sept cent soixante... trois mille sept cent soixante-dix... trois mille sept cent quatre-vingts... il n'y a plus d'amateurs ? Plus d'amateurs ? » Le marteau s'abattit. L'adjudication terminée, une fois de plus le léger remous causé par la détente générale parvint jusqu'à moi... Ce ne fut pas le frôlement d'une main, mais quelque chose comme le glissement rapide d'un serpent, comme le passage d'un souffle, si léger et si prompt, que je ne l'aurais jamais senti, si toute mon attention n'eût été concentrée sur ce point, sur cette position menacée ; un pli rida seulement mon manteau comme l'aurait fait un coup de vent, je sentis comme la douce caresse d'une aile d'oiseau et...

Et il advint tout à coup quelque chose que je n'avais pas prévu. Ma main s'était soudain levée et avait happé sous ma veste celle du voleur. Ce plan de défense brutale ne m'était pas venu à l'esprit. C'était un réflexe imprévu, ma main s'était levée automatiquement, par pur instinct de défense. Et voilà qu'à présent, à mon propre étonnement, à ma propre frayeur, j'enserrais le poignet d'une main étrangère, d'une main froide et tremblante. C'était affreux ! Non, je n'avais pas voulu cela !

Je ne saurais décrire cet instant. La peur me glaçait à l'idée que je retenais de vive force un morceau de la chair vivante d'un autre homme. Comme moi, la frayeur le paralysait. Et de même que mon manque de volonté et de sang-froid m'empêchait de le lâcher, de même, il n'avait ni le courage ni la présence d'esprit de se libérer : « Quatre cent cinquante... quatre cent soixante... quatre cent soixante-dix... » déclamait là-bas le commissaire-priseur d'un ton pathétique, cependant que je tenais toujours la main du voleur. « Quatre cent quatre-vingts... quatre cent quatre-vingt-dix. » Personne n'avait remarqué ce qui se passait entre nous, personne ne soupçonnait le drame angoissant qui se jouait là entre deux hommes ; cette bataille sans nom n'opposait que nous deux, que nos nerfs hypertendus. « Cinq cent trente... cinq cent quarante... cinq cent cinquante... » Finalement — toute l'affaire avait à peine duré dix secondes — je repris mon souffle. Je lâchai la main. Elle se retira et se glissa dans la manche du manteau jaune.

« Cinq cent soixante... cinq cent soixante-dix... cinq cent quatre-vingts... six cents... six cent dix... » Là-haut les chiffres se succédaient sans arrêt, et nous étions toujours côte à côte, liés par le même secret, paralysés par la même aventure. Je sentais encore la chaleur de son corps serré contre le mien. Délivré du poids qui m'oppressait, mes genoux raidis commencèrent à trembler et il me sembla que ce tremblement gagnait les siens. « Six cent vingt... six cent trente... quarante... cinquante... soixante... soixante-dix... » Les chiffres montaient de plus en plus vite et l'anneau glacé de la peur nous tenait toujours enchaînés l'un à l'autre. Je trouvai enfin le courage de tourner la tête de son côté. Au même instant, il me regarda. Je rencontrai son regard. « Grâce ! Grâce ! Ne me dénoncez pas ! » imploraient ses yeux humides ; toute la peur qui l'empêchait de respirer semblait s'échapper par ces deux petites prunelles rondes ; sa petite moustache en tremblait. Je n'apercevais distinctement que ses yeux grands ouverts, son visage avait disparu derrière une expression de terreur que je n'avais jamais vue et que je ne revis plus chez aucun homme. J'eus honte à l'idée qu'un être humain m'implorait comme un esclave, comme un chien sur qui j'aurais eu droit de vie et de mort. Cette peur m'humiliait, je détournai les yeux. Il comprit. Il savait maintenant que jamais je ne le dénoncerais. Cette certitude lui redonna des forces. Je devinai qu'il voulait me quitter pour toujours. La pression de son genou se relâcha doucement, je sentis diminuer peu à peu la tiède sensation que me causait son bras : redevenu le maître accompli en son art, d'une légère poussée il s'éloigna de moi et se glissa sur le côté dans un mouvement plein d'habileté. Une poussée encore et il était hors de la foule.

Mais tandis que la chaleur qu'il m'avait communiquée m'abandonnait, un remords assaillit ma conscience : je n'avais pas le droit de le laisser partir ainsi. J'avais le devoir de dédommager cet inconnu de la terreur que je lui avais causée ; je lui devais un salaire pour m'avoir appris, à son insu, un métier que j'ignorais ; j'étais son débiteur. En toute hâte, je fendis la presse et gagnai la porte de sortie. Mais le pauvre diable m'avait vu, et malheureusement il se méprit sur mes intentions. Il crut, le déveinard, qu'en fin de compte j'allais peut-être le dénoncer, et il se réfugia dans le sombre désordre du couloir. J'arrivai trop tard pour pouvoir l'appeler ; je ne vis plus qu'une petite tache jaune, son manteau, qui flottait en bas de l'escalier. Il disparut ; la leçon se terminait comme elle avait commencé : d'une manière inattendue.

LEPORELLA

été

De son nom de baptême elle s'appelait Crescence. Elle avait trente-neuf ans, était de naissance illégitime et originaire d'un petit village du val de Ziller. Sous la rubrique « signes particuliers » de son livret de service figurait un trait horizontal, négatif, mais si les employés avaient été tenus de donner un signalement caractérologique, un coup d'œil, même rapide, n'eût pas manqué de leur faire noter qu'elle avait tout d'un cheval de montagne osseux et efflanqué. Car, il y avait, à ne pas s'y méprendre, quelque chose de chevalin dans l'expression de sa lippe pendante, dans l'ovale à la fois allongé et dur de sa figure hâlée, dans ses yeux mornes, dépourvus de cils, et surtout dans ses cheveux épais et feutrés, collés sur le front en mèches grasses. Sa démarche également accusait l'hésitation méfiante, l'entêtement buté des bidets de montagne qui, par les cols des Alpes, sur les chemins muletiers pierreux, portent, maussades, hiver comme été, à la montée comme à la descente, les mêmes charges de bois du même pas cahotant. Délivrée du licou du travail, Crescence, les coudes en biais, les mains plus ou moins jointes, regardait vaguement devant elle, d'un air hébété, pareille au bétail à l'étable. Tout en elle était dur, disgracieux et lourd. Penser lui était pénible et sa compréhension était lente ; toute idée nouvelle gouttait sourdement dans les profondeurs de son esprit comme à travers un tamis épais ; mais quand il lui arrivait d'avoir, avec beaucoup de difficultés, saisi et fait sienne une idée nouvelle, elle y tenait obstinément et ne la lâchait plus. Elle ne lisait rien, ni journaux ni livres de prières, écrire était pour elle une corvée et les lettres gauches de son carnet de cuisine ressemblaient étrangement à son propre corps anguleux et mal taillé, dénué visiblement de tous les caractères de la féminité. Tout comme ses os, ses hanches, ses mains et son crâne, sa voix était dure ; malgré les sons épais et gutturaux, propres à la langue du Tyrol, elle grinçait comme une porte rouillée, ce qui du reste n'avait rien d'étonnant car Crescence n'adressait jamais à personne un mot inutile. Et nul non plus ne l'avait jamais vue rire ; en cela aussi elle avait tout de l'animal, car il est une chose peut-être plus triste que l'absence du langage, c'est celle du rire, de ce jaillissement spontané du sentiment, qui a été refusé aux inconscientes créatures de Dieu.

Elevée aux frais de la commune, déjà en service à l'âge de douze ans, puis récureuse de casseroles dans une gargote, son acharnement au travail, son activité frénétique la firent remarquer, si bien qu'au sortir de cette auberge de charretiers elle entra comme cuisinière dans un bon hôtel de touristes. Là, jour après jour, Crescence se levait à cinq heures du matin, balayait nettoyait, astiquait, brossait, rangeait, chauffait, cuisinait, pétrissait, lavait rinçait, essorait, trimait jusqu'à une heure avancée de la nuit. Jamais elle ne prenait de congé ; jamais, excepté pour faire ses achats et aller à l'église, elle ne mettait les pieds dehors : le disque ardent de son fourneau lui tenait lieu de soleil, les mille et mille bûches qu'elle fendait le long de l'année étaient sa forêt. Les hommes ne l'importunaient pas, soit parce que ce quart de siècle de travail acharné l'avait dépouillée de ce qu'elle pouvait avoir de féminin, soit parce que, revêche et taciturne, elle eût coupé court à toute approche. Son seul plaisir elle le trouvait dans l'argent qu'elle amassait avec l'instinct avide des paysans et des simples, pour ne pas être forcée, dans sa vieillesse, d'avaler une seconde fois, à l'asile des pauvres, le pain amer de la commune. C'était uniquement poussée par l'amour de l'argent que cette créature bornée avait quitté, pour la première fois, à trente-sept ans, sa patrie tyrolienne. Une placeuse en villégiature l'ayant vue se démener au travail du matin au soir, l'avait attirée à Vienne en lui promettant le double de ses gages. Pendant le voyage, Crescence n'avait fait que manger sans parler à personne ; elle tenait horizontalement sur ses genoux douloureux la lourde malle d'osier qui contenait tout son avoir, malgré l'offre aimable de ses compagnons de voyage de la lui caser dans le filet, car le vol et l'escroquerie étaient la seule représentation que son cerveau obtus se faisait de la grande ville. A Vienne il avait fallu, pendant les premiers jours, l'accompagner au marché, parce qu'elle craignait les voitures comme une vache craint les autos.

Mais dès qu'elle eut connu les quatre rues qui y menaient, elle n'eut plus besoin de personne ; son panier au bras elle trottait, sans lever les yeux, de la maison à l'étalage des marchands et revenait de même ; elle balayait et chauffait dans sa nouvelle cuisine, comme elle avait fait dans l'ancienne, sans s'apercevoir d'aucun changement. A neuf heures, heure du village, elle allait se coucher et dormait comme une brute, la bouche ouverte, jusqu'à l'instant où le réveille-matin l'arrachait brusquement à son sommeil. Personne ne savait si elle était contente, peut-être ne le savait-elle pas elle-même, car elle ne s'ouvrait à personne et ne répondait aux ordres qu'elle recevait que par un oui sourd, ou, si elle était d'un autre avis, par un haussement buté des épaules. Elle ne prenait garde ni aux voisins, ni aux autres domestiques de la maison : les regards gouailleurs de ses compagnes, animées d'un tout autre esprit, la laissaient totalement indifférente, sauf un jour où une des bonnes s'étant mise à imiter son patois tyrolien et à se moquer d'elle avec insistance, elle avait tiré subitement de son fourneau une bûche enflammée et s'était précipitée sur la fille affolée qui s'était enfuie en hurlant. A partir de ce jour tout le monde évita la furieuse créature et plus personne ne se hasarda à la railler.

Cependant tous les dimanches Crescence, vêtue de son ample robe plissée et coiffée d'un bonnet plat, en forme d'assiette, que portent les paysannes, se rendait à l'église. Une seule fois, à l'occasion de son premier jour de congé à Vienne, elle se risqua à entreprendre une promenade. Mais comme elle n'avait pas voulu prendre le tram et que, tout au long de sa prudente expédition par les rues mouvementées et vibrantes, elle ne vit qu'une succession de murs de pierre, elle n'alla pas plus loin que le canal du Danube; là, fixement, elle regarda l'eau qui coulait comme on regarde une chose connue; puis elle s'en retourna par le même chemin, toujours le long des maisons, évitant craintivement le milieu de la rue à cause des voitures. Cet unique voyage d'exploration l'avait certainement déçue, car dès lors elle ne quitta jamais la maison, préférant, le dimanche, s'asseoir à la fenêtre, soit avec un travail de couture, soit les mains vides. La grande ville n'avait donc apporté dans la routine de ses jours d'autre changement que celui de faire tomber, à la fin de chaque mois, quatre billets bleus au lieu de deux dans ses mains usées par la cuisine et la lessive. Ces billets de banque, elle les examinait chaque fois longuement et avec méfiance; elle les dépliait minutieusement et les lissait presque avec tendresse avant de les ranger à côté des autres, dans le coffret en bois sculpté qu'elle avait apporté de son village. Cette grossière et informe cassette était tout son secret, son unique raison de vivre. Le soir elle en posait la clef sous son oreiller. Personne de la maison ne sut jamais où elle la mettait le jour.

Telle était cette bizarre créature humaine, si l'on peut dire, puisque l'humain, justement, n'apparaissait dans ses attitudes que d'une façon tout à fait vague et rudimentaire; mais peut-être fallait-il un être à ce point obtus et borné pour rester au service de l'étrange ménage du baron de F... Car, d'une manière générale, les domestiques ne supportaient l'atmosphère de discorde qui régnait dans cette maison que durant le délai légal qui suivait l'engagement. Les criailleries irritées, frisant l'hystérie, que l'on y entendait, venaient de la maîtresse de maison. Fille d'un très riche fabricant d'Essen, elle n'était plus de la première jeunesse quand, dans une ville d'eaux, elle avait fait la connaissance du baron, passablement plus jeune qu'elle (de médiocre noblesse et dans une situation pécuniaire plus médiocre encore) et avait hâtivement épousé ce joli godelureau au charme aristocratique. Mais la lune de miel à peine passée, la nouvelle mariée fut bien obligée de reconnaître que ses parents n'avaient pas eu tort de s'opposer à cette union rapide et d'insister sur la nécessité de qualités plus solides chez un mari. Il apparut alors que non seulement le jeune baron avait passé sous silence de nombreuses dettes, mais que les fredaines intéressaient bien plus cet époux que ses devoirs conjugaux ; de plus s'il ne manquait pas d'affabilité et possédait même plutôt ce fond de jovialité propre aux caractères légers, il ne pouvait concevoir l'existence que d'une façon paresseuse, sans obligation, et considérait, avec mépris, toute question d'argent comme quelque chose de mesquin et de bas. Il aimait la vie facile ; elle, au contraire, désirait un intérieur rangé et sévère, à la manière rhénano-bourgeoise, ce qui le mettait hors de lui. Et lorsque, malgré la richesse de sa femme, il s'était vu obligé de discuter chaque fois qu'il voulait obtenir une somme quelque peu importante et qu'elle était allée jusqu'à s'opposer à son désir le plus cher : une écurie de courses, il n'avait plus jugé à propos de s'occuper de cette grosse nordique aux larges épaules, et dont la voix forte et autoritaire lui faisait mal aux oreilles. Il l'avait donc « laissée choir », doucement et sans fracas, mais non moins radicalement pour cela. Quand elle lui faisait des reproches, il l'écoutait poliment et avec une attention apparente, mais sitôt le sermon fini il chassait loin de lui, avec la fumée de sa cigarette, les véhémentes exhortations de sa femme et, sans se gêner, faisait ce que bon lui semblait. Cette amabilité facile, presque professionnelle, exaspérait l'épouse déçue plus que ne l'aurait fait n'importe quelle opposition. Et parce qu'elle était complètement impuissante devant cette politesse d'homme du monde qui ne se laissait aller à aucune grossièreté, de cette politesse insinuante même, sa colère refoulée se donnait libre cours ailleurs : elle s'en prenait aux domestiques et déversait sa fureur sur des innocents. Le résultat ne s'était pas fait attendre : en l'espace de deux ans elle avait dû changer seize fois de servante, un jour même elle s'était livrée à des voies de fait sur l'une d'elles et avait été obligée pour arranger l'affaire de lui verser une indemnité assez élevée.

Dans cette atmosphère orageuse, seule Crescence tenait bon, inébranlable comme un cheval de fiacre sous la pluie. Elle ne prenait le parti de personne, ne s'occupait pas des changements qui se produisaient, ne semblait pas s'apercevoir que les inconnues qui lui étaient adjointes et avec lesquelles elle partageait sa chambre changeaient constamment de nom, de couleur de cheveux, d'odeur corporelle et de manière d'être. Elle ne parlait à aucune d'elles, ne s'inquiétait ni des portes claquées, ni des repas interrompus, ni des crises de nerfs et des évanouissements. Active et indifférente, elle allait de sa cuisine au marché et du marché à sa cuisine : ce qui se passait au-delà de cet horizon borné ne l'intéressait pas. Elle travaillait comme un fléau dont le battoir retombe durement et machinalement, brisant les jours les uns après les autres; deux années de grande ville passèrent à côté d'elle, inaperçues, sans provoquer aucun élargissement de son monde intérieur, sauf que les billets bleus amassés dans sa cassette atteignaient maintenant l'épaisseur d'un pouce, et qu'à la fin, quand, d'un doigt humide, elle les comptait un par un, elle approchait du chiffre magique de mille.

Mais le hasard dispose d'outils perçants et le destin, redoutablement astucieux, sait se frayer inopinément un chemin conduisant aux âmes et bouleverser les natures les plus pétrifiées. Chez Crescence la cause extérieure des événements prit une apparence aussi banale qu'elle : dix ans s'étaient écoulés depuis le dernier recensement et le gouvernement ayant jugé utile de procéder à un nouveau dénombrement de la population, des questionnaires compliqués avaient été envoyés dans toutes les maisons pour connaître exactement les nom, date et lieu de naissance des habitants. Se méfiant de l'orthographe fantaisiste et purement phonétique du personnel, le baron avait préféré remplir lui-même ces formules et, à cet effet, avait fait venir Crescence, comme les autres, dans son bureau. Or, en la questionnant, le baron, qui était un chasseur passionné, apprit qu'il lui était arrivé à plusieurs reprises de chasser le chamois dans son pays, qu'une fois même un guide originaire de son village natal l'avait accompagné pendant deux semaines. Et comme, chose curieuse, ce guide se trouvait précisément être l'oncle de Crescence, et que, par surcroît, le baron, ce jour-là, était d'humeur particulièrement joviale, ce fut l'occasion d'une conversation prolongée ; nouvelle surprise, il avait naguère dégusté un excellent rôti de chevreuil dans l'auberge même où Crescence était cuisinière ! Vétilles, que tout cela, mais hasards étranges tout de même et qui, aux yeux de la pauvre fille, qui voyait pour la première fois quelqu'un connaissant son pays, avaient quelque chose de surnaturel. Elle était là devant lui, toute rouge, les traits tendus, et se tortillait gauchement, l'air flatté, lorsque, passant à la plaisanterie, le baron imita son patois tyrolien, lui demanda si elle savait jodler et lui dit des gaudrioles. Pour finir, s'amusant lui-même à ce jeu, il lui donna du plat de la main, à la manière paysanne, une tape sur le derrière et lui dit en riant : « Maintenant, va-t'en brave Cenzi, mais avant de partir voici deux couronnes, parce que tu es du val de Ziller. »

Certes, l'incident n'avait en soi rien de pathétique et semblait dénué d'importance. Cependant, cette causerie de cinq minutes, telle une pierre dans une mare, remua profondément l'âme figée de la morne créature. Non seulement cette fille obstinément taciturne n'avait plus eu de conversation avec personne depuis des années, mais le fait que l'homme qui lui avait adressé la parole dans ce dédale de pierres était justement un familier de ses montagnes, qu'il avait mangé un filet de chevreuil préparé par elle, cela lui parut tenir du miracle. A cela s'ajoutait cette tape sans-gêne sur le derrière qui, dans le langage paysan, est un appel laconique, une avance faite à la femme. Et si Crescence n'avait pas l'audace de croire que ce monsieur élégant et distingué la désirait réellement, cette familiarité n'en avait pas moins secoué ses sens engourdis.

Sous l'effet de cette impulsion fortuite les couches profondes de son être s'ébranlèrent l'une après l'autre, jusqu'à ce qu'il s'en détachât, informe tout d'abord, puis de plus en plus net, un sentiment nouveau, pareil à celui qui guide le chien lorsqu'un beau jour celui-ci discerne subitement, au milieu d'une foule d'hommes, le maître qui fera son affaire : à partir de ce moment-là, il le suit, accueille par des frétillements ou des aboiements celui à qui le destin le soumet, lui obéit de plein gré et l'accompagne partout avec docilité. C'est ainsi que, dans la vie bornée de Crescence, où il n'était question jusque-là que de cinq ou six choses : argent, marché, fourneau, église et lit, un nouvel élément s'était introduit en écartant violemment tout ce qui l'avait précédé. Et avec cette âpreté du paysan qui ne veut plus lâcher ce dont ses dures mains se sont emparées, elle aspira cet élément en elle jusque dans le monde trouble de ses instincts. Certes, il se passa un certain temps avant que cette transformation ne fût visible ; les premiers signes en furent même absolument insignifiants : par exemple, elle brossait les habits et les chaussures de son maître avec un vrai fanatisme, tandis qu'elle continuait à abandonner aux soins de la femme de chambre tout ce qui appartenait à la baronne. Ou bien elle se montrait plus souvent qu'autrefois dans le corridor et les chambres et, à peine entendait-elle grincer la serrure de la porte d'entrée, qu'elle se précipitait à la rencontre de son maître pour le débarrasser de sa canne et de son manteau. Elle soignait d'une façon particulière la cuisine et avait même tenu à connaître le chemin des halles tout spécialement pour y acheter un filet de chevreuil. Et sa tenue portait aussi la marque de soins plus attentifs.

Il avait fallu une ou deux semaines pour que les premières pousses de ce sentiment nouveau surgissent de son monde intérieur. Mais bien des semaines encore s'écoulèrent avant que vînt éclore sur ces pousses un deuxième sentiment et que celui-ci prît peu à peu forme et devînt réalité. Ce deuxième sentiment n'était autre que le complément du premier : une haine sourde, d'abord, puis peu à peu ouverte et manifeste à l'égard de la femme du baron, à qui il était permis de parler, d'habiter, de coucher avec lui, et qui, pourtant, n'avait pas pour lui l'adoration dévote que Crescence, elle, lui vouait. Involontairement plus attentive, à présent, à ce qui se passait autour d'elle, avait-elle assisté à une de ces scènes gênantes où le maître adoré était humilié de la façon la plus révoltante par son épouse acariâtre? La familiarité joviale du mari lui faisait-elle sentir plus vivement la réserve hautaine de cette Allemande du nord? Toujours est-il que Crescence manifesta tout à coup à l'égard de celle-ci, qui ne se doutait de rien, un certain entêtement, une animosité qui se traduisait dans mille petits riens. C'est ainsi que la baronne était toujours obligée de sonner au moins deux fois pour que Crescence, avec une lenteur voulue et une mauvaise volonté évidente, daignât répondre à son appel, et lorsqu'elle s'avançait, la tête rentrée dans les épaules, on voyait qu'elle était prête à faire face à toute remarque. Elle écoutait toujours d'un air maussade, et sans répondre, les ordres qu'on lui donnait, de sorte que la baronne ne savait jamais si elle avait bien compris ; si, par prudence, on lui répétait l'ordre, elle secouait la tête de mauvaise humeur ou répondait dédaigneusement : « J'ai bien entendu. » Ou encore, juste à l'heure de sortir pour aller au théâtre, au moment même où sa maîtresse déjà tout énervée arpentait les pièces, une clef avait disparu, qu'on retrouvait une demi-heure plus tard là où jamais on ne l'aurait cherchée. Régulièrement elle omettait de transmettre à la baronne les appels téléphoniques la concernant, et quand celle-ci lui demandait des explications, elle lui jetait sèchement à la figure un : « Eh ! bien, c'est que j'ai oublié ! » Jamais elle ne la regardait dans les yeux, sans doute par crainte de ne pouvoir cacher sa haine.

Pendant ce temps les désaccords domestiques donnaient lieu à des scènes de plus en plus désagréables entre les époux : peut-être aussi l'inconsciente et irritante mauvaise humeur de Crescence était-elle cause dans une certaine mesure de l'énervement de l'épouse, dont l'exaltation grandissait de semaine en semaine. Les nerfs ébranlés par une chasteté prolongée, aigrie encore par l'indifférence de son mari et l'animosité effrontée des domestiques, cette femme martyre perdait de plus en plus son équilibre. En vain recourait-on au bromure et au véronal pour essayer de la calmer ; les crises d'hystérie succédaient aux crises de larmes sans qu'on pût y apporter le moindre soulagement. A la fin le médecin recommanda un séjour de deux mois dans un sanatorium, recommandation qui fut approuvée par le mari, d'ordinaire indifférent, avec un tel empressement que sa femme, méfiante, commença par se cabrer. Mais, en fin de compte, le voyage fut quand même décidé, la femme de chambre accompagnerait Madame et Crescence resterait seule dans le spacieux appartement au service de Monsieur.

Cette nouvelle que seule elle serait chargée de Monsieur mit en effervescence les sens engourdis de la cuisinière. Du fond de son être, telle une bouteille magique violemment secouée, surgit un dépôt ignoré de passion qui donna à ses gestes une tout autre allure. Ce qu'il y avait en elle de lourd et d'emprunté disparut, ses membres ankylosés se délièrent, sa démarche devint vive et légère. A peine avait-il été question des préparatifs du voyage, qu'elle courait d'une pièce à l'autre, montait et descendait les escaliers, faisait les malles avant d'en avoir reçu l'ordre et les portait elle-même dans la voiture. Et lorsque, tard dans la soirée, le baron, revenant de la gare, tendit à la servante empressée sa canne et son manteau en disant avec un soupir de soulagement : « La voilà expédiée ! » il se passa une chose étrange. Les lèvres serrées de Crescence, qui ne riait jamais, se contractèrent tout à coup avec violence. La bouche grimaça, s'élargit et, de cette face idiotement illuminée, jaillit un ricanement si franc, si sans-gêne que le baron, désagréablement surpris, eut honte de sa familiarité déplacée et gagna sa chambre sans mot dire.

Mais ce rapide instant de malaise se dissipa vite ; déjà les jours suivants le délicieux silence et la liberté bienfaisante qu'ils goûtaient ensemble créaient une sorte de lien entre le maître et la servante. Le départ de l'épouse avait, si l'on peut dire, rendu l'atmosphère plus respirable. Heureusement délivré de l'incessante obligation de rendre compte de ses actes, l'époux libéré rentra très tard dès le premier soir et put jouir du charmant contraste que lui offrait l'empressement silencieux de Crescence avec les réceptions trop éloquentes de sa femme. Replongée avec frénésie dans son travail quotidien, la servante se levait plus tôt que jamais, astiquait loquets et cuivres comme une possédée, composait des menus particulièrement raffinés. Le lendemain du départ de sa femme, le baron vit même avec surprise, à l'heure du déjeuner, que l'on avait sorti pour lui seul le précieux service qui d'habitude ne quittait l'argentier qu'aux grandes occasions.

Quoique d'un naturel distrait, il était impossible qu'il ne remarquât pas les soins attentifs, presque tendres de cette étrange créature ; et comme au fond il avait bon cœur, il ne ménageait pas les éloges. Il louait sa cuisine, lui adressait de temps en temps quelques paroles aimables, et lorsque le jour de son anniversaire il vit sur la table un superbe gâteau avec ses initiales et son écusson saupoudrés de sucre, il dit à Crescence en riant et avec une certaine nonchalance : « Tu vas me gâter, Cenzi ! Que vais-je devenir quand, Dieu m'en préserve, ma femme reviendra ? » Une familiarité à ce point dénuée de tact, d'un sans-gêne frisant le cynisme et qui, en d'autres pays, étonnerait peut-être, n'était d'ailleurs pas chose extraordinaire dans l'aristocratie de la vieille Autriche : ce genre de laisser-aller provenait aussi bien de l'allure désinvolte que ces gentilshommes montraient en toute circonstance que de l'immense mépris qu'ils professaient pour le bas peuple. De même que parfois des archiducs, en garnison dans une petite ville perdue de Galicie, se faisaient amener d'un bordel, le soir, par un sous-officier, la première fille venue, l'abandonnaient ensuite à demi nue à celui qui avait été la chercher et se moquaient profondément de tout ce que pourrait raconter le lendemain la racaille bourgeoise du pays, de même la haute noblesse préférait, à la chasse, la compagnie d'un cocher ou d'un palefrenier à celle d'un professeur ou d'un gros commerçant. Mais cette familiarité, démocratique en apparence, facilement consentie et reprise de même, était tout le contraire de ce qu'elle paraissait : elle n'était jamais qu'unilatérale et cessait à la minute où le maître se levait de table. La petite noblesse s'étant toujours efforcée de singer les gestes des féodaux, le baron n'éprouvait donc aucune espèce de scrupule à parler avec dédain de sa femme devant une lourdaude paysanne tyrolienne — sûr qu'il était de sa discrétion, mais ne se doutant certes pas de l'âpre joie et de la passion avec lesquelles la servante taciturne savourait ces paroles méprisantes.

Il s'imposa toutefois, pendant un ou deux jours encore, quelque contrainte avant d'abandonner toute retenue. Mais alors, archi-certain, à la suite de divers indices, du silence de la bonne, il commença à se conduire en vrai célibataire. Un jour il appela Crescence, et, sans autre explication, de la voix la plus naturelle, il lui ordonna de préparer le soir un souper froid pour deux personnes et d'aller ensuite se coucher ; il se chargerait lui-même du reste. Crescence reçut l'ordre sans mot dire. Ni son regard, ni le moindre battement de cils ne laissèrent voir si le sens réel de ces paroles avait pénétré derrière son front bas. Mais le maître ne tarda pas à s'apercevoir, avec un amusement mêlé de surprise, à quel point elle avait saisi ses véritables intentions ; lorsqu'il rentra après le théâtre en compagnie d'une jeune élève de l'Opéra, non seulement il trouva la table garnie de fleurs et mise avec raffinement, mais dans la chambre à coucher le lit voisin du sien était découvert d'une façon provocante, cependant que le peignoir de soie et les pantoufles de sa femme étaient là bien en évidence, prêts à être enfilés. Le mari libéré ne put s'empêcher de rire de la sollicitude de cette créature qui allait maintenant loin. Et la dernière barrière tomba d'elle-même devant cette complicité zélée. Le matin il sonna Crescence pour aider la galante intruse à s'habiller : leur pacte était définitivement scellé.

C'est alors que Crescence fut baptisée d'un nom nouveau. L'amusante chanteuse, qui justement étudiait à ce moment-là le rôle d'Elvire et qui, par plaisanterie, se plaisait à élever son tendre ami au rôle de don Juan, lui avait dit en riant :

« Appelle donc ta Leporella ! » Ce nom l'avait amusé parce qu'il parodiait d'une façon grotesque la sèche Tyrolienne ; aussi, à partir de ce jour-là, ne la nomma-t-il jamais plus autrement. Crescence, d'abord ahurie, puis séduite par la belle sonorité d'un nom dont elle ne comprenait pas le sens, se sentit anoblie par ce changement : chaque fois que le joyeux baron l'appelait ainsi, ses lèvres minces s'écartaient, découvrant largement ses dents brunes et chevalines, et, humble et servile, elle s'approchait pour recevoir les ordres du maître vénéré.

Ce nom de Leporella, la future étoile l'avait donné à Crescence par ironie, mais, sans le vouloir, elle avait trouvé là une appellation qui convenait merveilleusement à l'étrange créature, car, tout comme le complice de don Juan, cette vieille fille desséchée, ignorante de l'amour, prenait une joie singulière, mêlée d'orgueil, aux aventures de son maître. N'était-ce que la satisfaction de trouver tous les matins le lit de la femme tant détestée bouleversé et profané tantôt par l'une, tantôt par l'autre, ou bien ses sens participaient-ils secrètement au plaisir que dispensait généreusement la virilité de son maître ? Toujours est-il que la bigote et austère vieille fille servait avec un zèle passionné les prouesses du baron. Son propre corps, usé, privé de sexe par les longues années de travail, n'était plus pour elle, depuis longtemps, une cause de trouble, et elle semblait trouver un véritable contentement d'entremetteuse à suivre des yeux chaque femme nouvelle qui pénétrait dans la chambre à coucher de l'absente : cette complicité, mêlée à l'odeur excitante de l'atmosphère amoureuse, se mit à agir comme un acide sur ses sens endormis. Crescence devint réellement un Leporello, vive, alerte et dégourdie comme lui. Sous la chaude impulsion de cette participation aux amours de son maître, la curiosité et la ruse s'éveillèrent en elle. Elle voulut savoir et pour y arriver déploya une activité extraordinaire. Elle écoutait aux portes, regardait par le trou des serrures, fouillait les chambres et les lits et, à peine avait-elle flairé un butin nouveau, qu'elle se mettait à courir dans les escaliers, si bien qu'il finit par sortir de cette bûche qu'elle était auparavant une manière d'être humain. Au grand étonnement des voisins Crescence devint tout à coup sociable, elle parlait à d'autres servantes, plaisantait lourdement avec le facteur, entrait en conversation avec les marchandes ; et même une fois, les lumières étant éteintes dans la cour, les bonnes d'en face entendirent un bourdonnement bizarre venant de sa fenêtre ordinairement muette : Crescence fredonnait, d'une voix maladroite et grinçante, un de ces monotones chants alpins que les vachères entonnent le soir dans la montagne. De ses lèvres inexpertes, la mélodie s'échappait péniblement, déformée, heurtée, avec un son fêlé ; et pourtant elle avait quelque chose d'étrange et de touchant. Pour la première fois depuis son enfance, Crescence essayait de chanter, et c'était émouvant d'entendre ces sons trébuchants, qui, du fond obscur des années ensevelies, remontaient péniblement à la lumière.

Le baron, cause involontaire de cette extraordinaire transformation, était celui qui s'en apercevait le moins, car quel est celui qui se retourne pour voir son ombre? On la sent qui vous suit, fidèle et muette, ou qui vous devance parfois, comme un désir non encore conscient, mais il est bien rare qu'on s'arrête à ses contours grotesques et qu'on reconnaisse son moi dans cette caricature! Le baron voyait seulement que Crescence était toujours prête à le servir, que sa discrétion était entière, et qu'il pouvait compter sur elle jusqu'au sacrifice. Et c'était son mutisme et la distance qu'elle savait garder dans toutes les circonstances délicates qu'il appréciait tout particulièrement; parfois, il lui adressait quelques paroles aimables, comme on caresse un chien, plaisantait avec elle, lui pinçait le bout de l'oreille; ou encore il lui donnait un billet de banque ou un billet de théâtre qu'il tirait négligemment de la poche de son gilet, choses insignifiantes pour lui mais qui pour elle devenaient des reliques qu'elle conservait religieusement dans sa cassette. A la longue il prit l'habitude de penser tout haut devant elle et même de la charger de missions compliquées; et plus il lui marquait sa confiance, plus elle s'efforçait d'être à la hauteur de sa tâche. Un instinct singulier se fit peu à peu jour en elle, un instinct de chien de chasse qui flaire, cherche et devine les désirs de son maître; elle semblait voir avec lui, écouter avec lui; toutes les joies du baron, toutes ses conquêtes, elle en jouissait avec un enthousiasme presque vicieux. Elle rayonnait quand une nouvelle femme franchissait le seuil de la maison et paraissait déçue, et comme froissée dans son attente, quand il ne rentrait pas le soir en galante compagnie; ses pensées jadis si engourdies déployaient une activité frenétique que jusque-là seules ses mains avaient connue, cependant que dans ses yeux brillait une lueur nouvelle, une lueur vigilante. Une créature humaine s'était éveillée dans la bête de somme éreintée d'autrefois — une créature têtue, fermée, rusée, inquiète, réfléchie et active, sournoise et dangereuse.

Et un jour que le baron rentrait plus tôt que d'habitude, il s'arrêta dans l'entrée, étonné : n'était-ce pas, venant de la cuisine, un rire étouffé qu'il entendait ? Mais déjà Leporella sortait par la porte entrebâillée, s'essuyant les mains à son tablier, avec un air gêné et effronté à la fois : « Que monsieur m'excuse, dit-elle, laissant traîner son regard par terre, mais la fille du confiseur est là... une jolie fille... elle aimerait tant faire la connaissance de monsieur. » Le baron la regarda, surpris, sans savoir s'il devait s'indigner de l'audacieuse familiarité ou s'amuser de la complaisance de l'entremetteuse. Finalement sa curiosité masculine l'emporta : « Fais-la voir. »

La fille, une blonde et appétissante gamine de seize ans que Leporella avait attirée peu à peu à elle par des paroles flatteuses, sortit de la cuisine, les joues empourprées et avec un petit rire embarrassé, poussée et encouragée par la servante ; elle se tourna gauchement devant l'élégant monsieur qu'elle avait en effet souvent observé de la confiserie d'en face avec une admiration quasi enfantine. Le baron la trouva jolie et lui proposa de prendre le thé avec lui dans sa chambre. Ne sachant trop ce qu'elle devait faire, son regard chercha Crescence. Mais celle-ci, avec un empressement marqué, était déjà rentrée dans la cuisine.

Il ne restait plus à la jeune fille attirée dans cette aventure qu'à accepter, rougissante, excitée et curieuse, la dangereuse invitation.

Mais la nature ne brûle pas les étapes. Si sous l'effet d'une passion obscure et confuse un certain déclenchement de l'intelligence s'était produit chez Crescence, cette intelligence n'allait pas plus loin que l'instinct des animaux auquel elle continuait à s'apparenter. Complètement obsédée par le désir de servir en esclave le maître aimé, la bonne avait tout à fait oublié la maîtresse absente. Le réveil fut d'autant plus terrible : ce fut pour elle une catastrophe inattendue lorsqu'un matin le baron, une lettre à la main et de mauvaise humeur, lui annonça le retour de sa femme pour le lendemain, en lui recommandant de tout mettre en ordre dans la maison. La nouvelle s'enfonça en elle comme un poignard. Elle était devenue blême et restait là, la bouche ouverte d'effroi, sans faire un mouvement, regardant droit devant elle comme si elle n'avait pas compris. Ses traits étaient à tel point décomposés que le baron se crut obligé de la calmer par une parole légère : « Je crois que cela ne te fera pas plaisir non plus, Cenzi, pourtant, que veux-tu, il n'y a rien à faire ! »

Mais déjà dans le visage bouleversé et figé de Crescence un mouvement s'ébauchait. Un spasme violent, venu des entrailles, colorait peu à peu ses joues livides. Quelque chose montait lentement aspiré par de brutales pulsations : sa gorge tremblait sous l'effort. Enfin c'était là sur ses lèvres, et, les dents serrées, elle siffla :

— Il... il y aurait bien... quéqu'chose à faire.

C'était sorti avec la violence d'une balle de fusil. Et sa figure se crispa si méchamment après cette décharge, avec une si sombre énergie que le baron, malgré lui, eut un mouvement de recul. Mais déjà Crescence s'était détournée et astiquait un mortier de cuivre avec une telle frénésie qu'on eût dit qu'elle allait s'y briser les doigts.

Avec le retour de l'épouse, la tempête recommença à souffler dans la maison, fit claquer les portes de plus belle, hurla de nouveau à travers toutes les pièces, balayant la chaude et confortable atmosphère des jours précédents. Soit que la malheureuse eût été renseignée par des racontars de voisins ou par des lettres anonymes sur l'inconduite de son mari, soit que celui-ci, n'ayant pu dissimuler son mécontentement de la voir rentrer, l'eût mal reçue et qu'elle en fût dépitée, toujours est-il que les deux mois de sanatorium semblaient avoir été sans effet sur ses nerfs tendus à se déchirer et que les crises de larmes alternaient avec les menaces et les scènes de colère. Les rapports entre les deux époux devenaient de plus en plus insupportables. Pourtant, devant les assauts de reproches de sa femme, le baron ne se départait pas d'une courtoisie depuis longtemps mise à l'épreuve, et lorsqu'elle le menaçait d'écrire chez elle et de le quitter, il évitait de lui répondre ou faisait tout ce qu'il pouvait pour la calmer. Mais pareille attitude ne faisait que porter au comble l'énervement de cette femme qui se savait sans appui et sentait autour d'elle une animosité secrète.

Quant à Crescence, elle s'était complètement murée dans son silence d'autrefois. Mais ce silence était devenu agressif et dangereux. Tout d'abord elle s'était obstinée à ne pas vouloir sortir de la cuisine à l'arrivée de sa maîtresse, puis quand celle-ci ne la voyant pas venir l'eut appelée, elle s'était refusée à la saluer. Les épaules en avant, semblant prête à foncer, elle était restée immobile, répondant sur un ton si hargneux aux questions posées que la baronne, impatientée, s'était détournée ; au même instant, sans que celle-ci s'en doutât, un regard de haine la poignardait dans le dos.

Depuis le retour de sa maîtresse, Crescence se sentait frustrée. Après avoir goûté aux joies d'une soumission sans bornes dans laquelle elle mettait toute sa passion et toute son âme, ne se voyait-elle pas de nouveau reléguée à la cuisine, et, de plus, privée de son gentil nom de Leporella ! Car le baron se gardait bien devant sa femme de témoigner à Crescence la moindre sympathie. Il lui arrivait toutefois, après une scène par trop violente, lorsqu'il éprouvait le besoin de se soulager, de se glisser dans la cuisine, de s'asseoir sur un tabouret et de soupirer : « Je n'en peux plus. » Ces instants où le maître adoré, sous le poids d'une tension trop forte, venait se réfugier chez elle étaient, pour Leporella, les plus heureux. Jamais elle ne se permettait de lui répondre ou de lâcher un mot de consolation ; silencieuse et repliée sur elle-même, elle se contentait de lever parfois un regard de compassion sur son idole à qui cette sympathie muette faisait du bien. Mais quand il avait quitté la cuisine, un pli furieux réapparaissait sur le front de Crescence et, de ses lourdes mains, elle pétrissait nerveusement la viande passive, ou passait sa colère sur les couverts et les casseroles qu'elle récurait avec vigueur.

Dans une pareille atmosphère, il arriva finalement ce qui devait arriver : l'orage éclata. Au cours d'une scène particulièrement violente, le baron perdit patience et quitta son rôle de petit garçon humble et soumis. « J'en ai assez », s'écria-t-il rageusement en faisant claquer derrière lui la porte du salon avec une force telle que les vitres de toutes les pièces en tremblèrent. Et bouillant de colère, le visage congestionné, il s'élança dans la cuisine où Crescence vibrait comme un arc tendu : « Prépare-moi immédiatement ma valise et mon fusil ! Je pars à la chasse pour huit jours. Le diable même n'y tiendrait plus dans cet enfer : il faut y mettre fin. »

Crescence le regarda, ravie : il était redevenu le maître ! Et en même temps qu'un rire rude s'échappait de sa gorge elle prononça : « Monsieur à bien raison, il faut y mettre fin. » Frémissante de zèle, on la vit aussitôt courir d'une pièce à l'autre, empoignant impétueusement dans les armoires et sur les tables tout ce dont il avait besoin. Puis elle porta elle-même dans la voiture la valise et le fusil. Mais lorsque le baron s'apprêta à la remercier, son regard se replia, épouvanté. Sur les lèvres pincées de la servante rampait ce sourire sournois qui, chaque fois, l'effrayait et le faisait penser à la contraction de la bête, qui se prépare à bondir sur sa proie. Mais déjà elle redevenait toute humilité, et avec une familiarité presque blessante murmurait d'une voix rauque : « Que monsieur fasse bon voyage et qu'il soit sans crainte, je ferai ce qu'il faut faire. »

Trois jours plus tard le baron fut rappelé de la chasse par un télégramme. Son cousin l'attendait à la gare. Tout de suite il vit qu'il avait dû se passer quelque chose de désagréable, car celui-ci paraissait nerveux et inquiet. Après un court préambule, il apprit que sa femme avait été trouvée le matin dans son lit ne donnant plus signe de vie. La mort était due à une asphyxie par le gaz. L'hypothèse d'un accident ne pouvait, hélas ! être envisagée, disait le cousin, car on était au mois de mai et il y avait longtemps qu'on ne se servait plus du réchaud à gaz ; le fait que la malheureuse avait pris du véronal la veille prouvait d'ailleurs l'intention du suicide. Il y avait en outre le témoignage de la cuisinière qui, ce soir-là, était restée seule dans l'appartement et qui avait entendu sa maîtresse marcher la nuit dans l'antichambre, selon toute apparence pour ouvrir le compteur soigneusement fermé. En foi de quoi le médecin légiste appelé sur les lieux avait déclaré lui aussi que l'accident n'était pas possible et dressé un procès-verbal concluant au suicide.

Le baron se mit à trembler. Aussitôt que son cousin eut fait mention du témoignage de Crescence, il sentit soudain ses mains se refroidir : une pensée pénible, affreuse, s'empara de lui comme un malaise. Mais il la refoula et se laissa conduire à son domicile sans volonté. Le corps de la morte avait déjà été mis en bière, les parents l'attendaient au salon, ils étaient sombres et hostiles et leurs condoléances froides comme la lame d'un poignard. Ils se crurent obligés d'appuyer sur le fait qu'il n'y avait malheureusement pas eu moyen d'étouffer le scandale, parce que le matin la bonne s'était précipitée dans l'escalier en criant d'une voix aiguë : « Madame s'est suicidée. » Aussi avaient-ils commandé un enterrement très simple, car, hélas ! — la lame aiguisée se tourna de nouveau vers lui — la curiosité du public avait déjà été mise en éveil par divers bavardages. Le baron, abattu, écoutait confusément ; malgré lui, à un moment donné, il leva les yeux vers la porte fermée de la chambre à coucher, mais, lâchement, il les baissa aussitôt. Il essayait d'aller jusqu'au bout d'une pensée vague qui l'obsédait et le torturait, mais ces discours vides et haineux le troublaient. Pendant une demi-heure encore tous ces gens vêtus de noir tournèrent autour de lui en jacassant, puis ils prirent congé. Il resta seul dans la pièce vide et mi-obscure, tremblant comme sous l'effet d'un choc, le front douloureux et les articulations brisées.

On frappa à la porte. Il tressaillit : « Entrez. » Aussitôt il entendit derrière lui un pas hésitant, un pas dur et glissant à la fois qu'il connaissait bien. Il fut pris d'une subite terreur : il lui semblait que sa nuque était vissée et en même temps un frisson le parcourait des tempes aux genoux. Il voulait se retourner, mais ses muscles s'y refusaient. Il était là, debout au milieu de la pièce, muet et tremblant, les bras pendants et raides, ayant parfaitement conscience de l'impression de lâcheté qui se dégageait de cette attitude de coupable. Mais tous ses efforts étaient vains : ses muscles ne lui obéissaient pas. C'est alors qu'il entendit derrière lui une voix sèche et indifférente prononcer :

— Je voulais seulement demander à Monsieur s'il mangeait ici ou en ville.

Le baron tremblait de plus en plus. Sa poitrine se glaçait. Il lui fallut s'y reprendre à plusieurs reprises avant de pouvoir balbutier :

— Je ne veux rien pour l'instant.

Le pas s'éloigna en traînant : il n'avait toujours pas la force de se retourner. Et soudain cette rigidité se rompit : il se sentit secoué des pieds à la tête, spasme ou dégoût. D'un bond il s'élança vers la porte, tourna la clef en frémissant afin que ce pas fantomal et détesté ne revînt pas l'importuner. Alors il se jeta dans un fauteuil pour refouler une pensée qu'il voulait écarter et qui pourtant ne cessait de monter en lui, froide et gluante, comme une limace. Et cette pensée obsédante, qu'il lui répugnait de considérer, cette pensée visqueuse et repoussante envahissait tout son être, sans qu'il pût s'en débarrasser ; elle ne le quitta point de la nuit, ni les heures qui suivirent : elle resta même avec lui pendant l'enterrement, alors qu'il se tenait silencieux près du cercueil.

⁂

Le lendemain des obsèques le baron s'empressa de quitter la ville. Il ne pouvait plus supporter la vue de tous ces visages, dans leur sympathie ils avaient (ou du moins se l'imaginait-il) un regard singulièrement observateur, inquisiteur, qui le tourmentait. Et même les objets inanimés lui parlaient méchamment et semblaient l'accuser : tous les meubles de l'appartement, mais surtout ceux de la chambre à coucher, où l'odeur douceâtre du gaz semblait encore flotter sur toutes choses, le repoussaient quand, malgré lui, il ne faisait qu'entr'ouvrir une porte. Mais son cauchemar le plus terrible, qu'il dormît ou fût éveillé, c'était l'insouciante et froide indifférence de son ex-confidente, qui vaquait dans la maison vide comme s'il ne s'était absolument rien passé. Depuis l'instant où, à la gare, son cousin avait prononcé son nom, il tremblait rien qu'à l'idée de la rencontrer. A peine entendait-il son pas, qu'il était pris d'une inquiétude nerveuse qui le portait à fuir : il ne pouvait plus voir, plus supporter sa démarche traînante, sa froideur et son impassibilité. Il était pris de dégoût rien qu'en pensant à elle, à sa voix grinçante, à ses cheveux gras, à son insensibilité sourde, animale, impitoyable, et dans sa colère il s'en voulait à lui-même de manquer de force pour briser ce lien qui l'étranglait. Il ne voyait donc qu'une issue : la fuite. Il fit ses malles en cachette, sans dire un mot à Crescence, ne lui laissant qu'un billet bref dans lequel il l'avisait qu'il se rendait chez des amis en Carinthie.

Le baron resta absent tout l'été; lorsqu'il fut appelé à Vienne pour régler la succession, il préféra s'y rendre secrètement et descendre à l'hôtel sans aviser l'oiseau funèbre qui l'attendait dans l'appartement. Crescence n'avait d'ailleurs jamais reçu aucune nouvelle de lui. Pour l'entretien de la maison et le règlement des dépenses courantes, elle avait affaire à l'avocat du baron. Elle passait ses journées à attendre à la cuisine, figée sur sa chaise et sombre comme une chouette ; elle allait maintenant à l'église deux fois par semaine au lieu d'une. Son visage se racornissait, se durcissait de plus en plus, ses gestes étaient redevenus ceux d'un automate. Des mois entiers elle vécut ainsi dans un mystérieux état de léthargie.

Cependant en automne des affaires urgentes empêchèrent le baron de prolonger plus longtemps ses vacances et il fut obligé de regagner son appartement. Sur le seuil de la maison, il s'arrêta, hésitant. Deux mois passés au milieu d'amis intimes lui avaient fait pour ainsi dire oublier bien des choses, mais maintenant qu'il allait revoir face à face celle qui était son cauchemar, sa complice peut-être, il était repris par les mêmes crampes oppressantes et les nausées de naguère. Et à chaque marche qu'il gravissait, en ralentissant toujours, une main invisible lui étreignait la gorge de plus en plus fort. Il lui fallut toute sa volonté pour forcer ses doigts ankylosés à tourner la clef dans la serrure.

A peine eut-elle entendu grincer la clef que Crescence, surprise, bondit hors de la cuisine. Lorsqu'elle vit son maître, elle pâlit un instant, puis, afin de baisser la tête, elle empoigna la valise qu'il avait déposée à ses pieds. Mais elle oublia de lui présenter ses salutations. Lui non plus n'ouvrit pas la bouche. Muette, elle porta la valise dans sa chambre, muet il la suivit. Il regardait par la fenêtre en attendant qu'elle eût quitté la pièce.

Puis il s'empressa de fermer la porte à double tour.

***

Crescence attendait. Et le baron également attendait ; il espérait que cette affreuse crispation qu'il ressentait à sa vue allait disparaître. Il n'en fut rien. Avant même de la voir, rien qu'à entendre dans le couloir son pas lent, le malaise s'emparait de lui. Il ne touchait pas au déjeuner, s'échappait en hâte tous les matins sans lui adresser la parole et restait absent jusqu'à une heure avancée de la nuit, rien que pour éviter sa présence. Quand il avait absolument besoin de lui parler pour lui donner des ordres, il le faisait en détournant le visage. Rien qu'à respirer l'air de la même pièce que ce fantôme il se sentait la gorge serrée.

Crescence pendant ce temps passait sa journée sur son tabouret, dans un mutisme complet. Elle ne faisait plus de cuisine pour elle, tous les plats lui répugnaient et elle évitait tout le monde. Elle était là, l'œil craintif, tel un chien battu qui sait qu'il a commis une faute et attend le coup de sifflet de son maître. Son esprit obtus ne saisissait pas exactement ce qui s'était passé ; seul le fait que son seigneur et maître l'évitait et ne voulait plus de ses services la touchait profondément.

Trois jours après le retour du baron on sonna. Un homme aux cheveux gris, la figure soigneusement rasée, une valise à la main, attendait calmement devant la porte. Crescence voulut l'éconduire. Mais l'homme insista, disant qu'il était le nouveau valet de chambre, que monsieur lui avait dit de venir à dix heures et qu'elle devait l'annoncer. Crescence devint livide, un instant elle resta là comme figée, la main en l'air, les doigts raides et écartés. Puis sa main retomba comme un oiseau sous une décharge de plomb : « Annoncez-vous vous-même », dit-elle d'un ton bourru à l'homme étonné, puis elle s'enferma dans la cuisine en claquant la porte derrière elle.

Le domestique entra en fonctions. A partir de ce jour le maître n'eut plus du tout besoin d'adresser la parole à Crescence, tous les ordres qui lui étaient destinés passaient par le vieux et calme valet de chambre. Elle n'était pas informée de ce qui se produisait dans la maison, tout coulait sur elle froidement, comme l'onde sur la pierre.

Cette situation dura quinze jours ; Crescence en faisait une maladie. Sa figure était devenue tout à fait anguleuse et pointue, ses cheveux avaient subitement blanchi près des tempes. Elle continuait à se tenir assise comme une bûche sur son tabouret, le regard vide fixé sur la fenêtre vide ; quand elle travaillait, ses gestes ressemblaient à des accès de rage.

Au bout de ces deux semaines, le valet de chambre vint un jour trouver son maître dans son bureau ; à son attitude, le baron devina qu'il avait quelque chose de spécial à lui communiquer. Une fois déjà le domestique s'était plaint des manières revêches de la « maritorne tyrolienne », comme il l'appelait avec mépris, et il avait proposé de la renvoyer. Mais le baron avait paru ne pas l'écouter. Tandis que le domestique s'était alors aussitôt éloigné en s'inclinant, cette fois il persistait dans son idée, et avec une grimace singulière, qui exprimait l'embarras, il finit par marmotter que monsieur ne devait pas le trouver ridicule, mais que... il était bien forcé... oui, il ne pouvait pas faire autrement que d'avouer... qu'il avait peur d'elle. Cette fille taciturne et méchante était intraitable, et monsieur ne savait certainement pas quelle personne dangereuse il avait dans sa maison.

En entendant ces mots le baron tressaillit. Il demanda au domestique ce qu'il entendait par là et ce qu'il voulait dire. Celui-ci alors chercha à atténuer son affirmation ; il ne pouvait rien avancer de précis, déclara-t-il, mais il avait le sentiment que cette femme était une bête furieuse, capable de faire un mauvais coup. La veille, lorsqu'il s'était tourné vers elle pour lui donner des instructions, il avait surpris un regard — on ne pouvait, il est vrai, rien affirmer sur la foi d'un regard — qui lui avait donné l'impression qu'elle voulait lui sauter à la gorge. Et depuis lors il la craignait, au point qu'il avait peur de toucher aux plats qu'elle préparait. « Monsieur le baron ne sait pas, dit-il en terminant son rapport, combien cette personne est dangereuse. Elle ne parle pas, elle ne dit rien, mais je la crois capable de commettre un crime. »

Le baron effrayé jeta un brusque regard sur l'accusateur. Avait-il entendu parler d'une chose précise ? Lui avait-on exprimé quelque soupçon ? Il sentit ses doigts trembler et, vivement, posa son cigare pour que les zigzags de la fumée ne trahissent pas la nervosité de ses mains. Mais sur la figure du vieillard ne se lisait aucune arrière-pensée. Non, il ne devait rien savoir. Le baron hésita. Puis, tout à coup, s'armant de son désir, il dit : « Patiente encore. Mais si elle recommence à être désagréable avec toi, donne-lui ses huit jours de ma part. »

Le domestique s'inclina et le baron se rassit. Chaque fois qu'il pensait à cette créature mystérieuse et redoutable sa journée était gâchée. Le mieux serait, se dit-il, que cela eût lieu en mon absence, pendant les fêtes de Noël, par exemple (rien que l'idée de la délivrance entrevue lui faisait déjà du bien). Oui, pendant les fêtes de Noël, quand je serai parti, se répéta-t-il, comme pour s'approuver.

Mais le lendemain, à peine s'était-il retiré dans son bureau après le repas que l'on frappait à la porte. Détachant machinalement les yeux de son journal, il grogna : « Entrez. » Aussitôt, le pas détesté, ce pas dur et traînant qui hantait ses rêves, heurta son oreille. Sur la maigre et noire silhouette de Crescence branlait une tête desséchée et livide qui faisait penser à une tête de mort. Pourtant un peu de pitié se mêla vite à l'effroi du baron, lorsqu'il vit la misérable créature repliée sur elle-même s'arrêter craintivement au bord du tapis. Pour cacher son embarras, il voulut prendre un air candide : « Eh bien ! qu'y a-t-il, Crescence ? » fit-il. Mais il ne réussit pas à donner à ses paroles le ton affable et cordial qu'il aurait voulu ; malgré lui la question semblait dure et malveillante.

Crescence ne bougeait pas. Son regard s'enfonçait dans le tapis. Enfin elle bredouilla brusquement, comme on repousserait violemment quelque chose du pied : « Le valet de chambre m'a donné mes huit jours. Il a dit que c'était sur les ordres de Monsieur. »

Le baron se leva, très gêné. Il n'avait pas pensé que cela irait si vite. Aussi se mit-il à lui répondre d'une façon vague et embarrassée, lui conseillant de ne pas prendre cela au tragique, de tâcher de s'entendre avec les autres domestiques, lui disant en somme tout ce qui lui passait par la tête. Mais Crescence restait immobile, les yeux collés au tapis, la tête rentrée dans les épaules, la nuque obstinément baissée. Elle entendait, sans les écouter, tous ces discours, n'attendant qu'une parole qui ne venait pas. Et lorsque, enfin, il se tut, lassé et mécontent du rôle méprisable qu'il tenait là, devant une servante, elle finit par balbutier :

— Je voulais seulement savoir si c'était bien Monsieur le baron qui avait chargé Antoine de me renvoyer.

Elle avait dit cela durement, violemment, avec colère. Le baron, dont les nerfs étaient déjà irrités, en avait ressenti comme une secousse. Etait-ce là une menace? Le provoquait-elle? Subitement toute lâcheté, toute pitié s'évanouirent en lui. La haine, le dégoût amassés depuis plusieurs semaines ne firent plus qu'un avec le désir d'en finir. Changeant complètement de ton il confirma d'un air indifférent, avec cette froideur administrative apprise naguère au ministère, qu'il avait en effet laissé au valet de chambre toute latitude concernant son intérieur. Lui, personnellement, ne désirait que son bien à elle, et il était prêt à essayer d'arranger les choses. Si cependant elle persistait à se montrer désagréable envers le valet de chambre, il se verrait obligé de renoncer à ses services. Et, sur ces derniers mots, ramassant toute son énergie, fermement décidé à ne se laisser influencer par aucune familiarité ou allusion secrète, il regarda fixement, résolument celle qui, croyait-il, le menaçait.

Mais le regard qu'à ce moment Crescence leva timidement vers lui n'était que celui d'une bête blessée, qui, devant elle, voit surgir la meute du fourré.

— Merci... balbutia-t-elle, je m'en vais... je ne veux plus encombrer Monsieur...

Et lentement, sans se retourner, les épaules tombantes, elle sortit en traînant les pieds.

Le soir, lorsque le baron revint de l'Opéra et qu'il voulut prendre son courrier sur son bureau, il y aperçut un objet carré et étrange. C'était un coffret en bois sculpté à la manière paysanne. Il n'était pas fermé ; à côté de la liasse rectangulaire des billets de banque se trouvaient bien rangées les menues choses que Crescence tenait de lui : quelques cartes de la chasse, deux billets de théâtre, une bague en argent, il y avait en outre un instantané de Crescence pris au Tyrol vingt ans plus tôt et où ses yeux, évidemment effrayés par le magnésium, avaient la même expression d'animal traqué que dans l'après-midi, quand elle avait quitté son bureau.

Quelque peu embarrassé le baron repoussa le coffret et appela le domestique pour lui demander ce que faisaient là les affaires de la cuisinière. Le valet de chambre se mit aussitôt à la recherche de son ennemie pour qu'elle lui fournît des explications. Mais Crescence n'était ni à la cuisine ni dans une autre pièce. Et ce ne fut que le lendemain, lorsque l'on sut par la police qu'une quadragénaire s'était suicidée en se jetant dans le canal du Danube, que l'on n'eut plus à se demander où était Leporella.

LA FEMME ET LE PAYSAGE

C'était en cette année torride et sans pluie, où la sécheresse fut si néfaste pour la récolte du pays que la population en garda, des années durant, un souvenir terrible. Déjà en juin et juillet, il n'était descendu sur les champs altérés que quelques rares et rapides ondées, mais le mois d'août venu, il ne tomba plus une goutte d'eau. Même dans cette haute vallée du Tyrol où, comme tant d'autres, j'avais espéré trouver la fraîcheur, l'air brûlant, devenu couleur de safran, n'était que feu et poussière. Dès l'aube le soleil, jaune et morne comme l'œil d'un fiévreux, envoyait du fond du ciel vide ses rayons accablants sur le paysage éteint, puis, au fil des heures, une vapeur blanchâtre s'élevait peu à peu comme d'un immense chaudron en pleine ébullition et envahissait la vallée. Certes les Dolomites se dressaient, majestueuses, là-bas, dans le lointain et une neige claire et pure brillait sur leurs cimes mais seul l'œil évoquait et sentait la fraîcheur de leur éclat. Il était pénible de les regarder, de penser que peut-être le vent les survolait en mugissant, tandis que dans cette cuve, nuit et jour, une chaleur vorace s'insinuait partout et de ses mille suçoirs nous ravissait toute humidité. Dans ce monde déclinant où se fanaient les fleurs, où dépérissait le feuillage et où tarissaient les rivières, toute vie intérieure finissait par mourir et les heures coulaient oisives et paresseuses. Comme tout le monde, je passais ces interminables journées presque entièrement dans ma chambre, à moitié dévêtu, les fenêtres closes, sans volonté, dans l'attente d'un changement, d'un léger rafraîchissement de la température, rêvant, confusément, dans mon impuissance, de pluie et d'orage. Bientôt ce désir aussi se fana, se mua en une méditation sourde et stérile, semblable à celle des herbes mourant de soif et au rêve morne de la forêt immobile et vaporeuse.

Mais la chaleur augmentait de jour en jour et la pluie ne tombait toujours pas. Du matin au soir le soleil dardait ses rayons brûlants et son œil jaune et angoissant avait quelque chose de la fixité du regard d'un fou. On eût dit que la vie entière voulait cesser; tout s'arrêtait, les animaux étaient silencieux, nul bruit ne venait des plaines blanches, sauf la vague et sourde mélodie des vibrations de la chaleur et le murmure d'un monde en fusion. J'aurais voulu sortir et aller m'étendre dans la forêt, où des ombres bleues tremblaient entre les arbres, rien que pour échapper à ce regard jaune et fixe du soleil, mais l'effort qu'eussent exigé ces quelques pas était trop grand pour moi. Je restai donc assis dans un fauteuil devant l'entrée de l'hôtel pendant une heure ou deux, recroquevillé dans l'ombre étroite que le rebord du toit profilait sur le gravier. A un moment je dus reculer, le filet d'ombre s'était rétréci et le soleil déjà rampait jusqu'à mes mains; puis, renversé de nouveau dans mon fauteuil, je retombai dans une méditation morne, sans désir, sans volonté, sans notion du temps. Celui-ci avait fondu dans cette chaleur étouffante, les heures s'étaient dissoutes en une rêverie trouble et insensée. Je ne sentais du monde extérieur que les chauds effluves de l'air sur ma peau, cependant que mon cœur fiévreux battait avec précipitation.

Tout à coup, il me sembla qu'un souffle léger, très léger, passait sur la nature, comme si un soupir ardent et nostalgique fût sorti de quelque part. Je me levai : n'était-ce pas le vent? J'avais oublié jusqu'à son souvenir, depuis si longtemps que mes poumons desséchés avaient été privés de sa fraîcheur. Toujours recroquevillé dans mon coin d'ombre, je n'avais pas encore senti son approche, mais les arbres, là-bas, sur le versant d'en face, semblaient avoir deviné une présence étrange, car soudain ils se mirent à osciller très légèrement, comme s'ils se penchaient l'un vers l'autre pour se parler. Les ombres qui les séparaient, devenues vivantes, commencèrent à remuer et à s'agiter; tout à coup s'éleva dans le lointain une rumeur profonde et vibrante. C'était bien le vent, qui soufflait sur le monde, tout d'abord doux comme un murmure, léger comme une brise, puis mugissant comme un son d'orgue pour s'amplifier brusquement et s'abattre avec violence. Poussés par une peur subite, d'épais nuages de poussière se mirent à courir sur la route dans une même direction; les oiseaux, jusque-là nichés dans l'ombre, sifflèrent brusquement dans les airs comme des flèches noires, les chevaux firent jaillir l'écume de leurs naseaux et, au loin, dans la vallée, le bétail se mit à beugler. Une force quelconque s'était éveillée et semblait proche, la terre l'avait pressentie ainsi que la forêt et les animaux, et le ciel à présent se couvrait d'un léger voile gris.

Je tremblais d'émotion. Mon sang était irrité par les fins aiguillons de la chaleur, mes nerfs tendus crépitaient, et jamais, comme à ce moment, je n'avais soupçonné la volupté du vent, la griserie bienheureuse de l'orage. Il s'annonçait, s'enflait, approchait, arrivait. Lentement le vent poussait devant lui des écheveaux souples de nuages, et derrière les montagnes on percevait un halètement poussif, comme si quelqu'un là-bas roulait une lourde charge. Parfois ce halètement cessait comme sous l'effet de la fatigue. Le tremblement des sapins alors diminuait peu à peu, ils semblaient écouter, et mon cœur palpitait doucement avec eux. Partout où se portaient mes regards l'attente égalait la mienne. La terre avait élargi ses crevasses, béantes comme des bouches assoiffées, et mon corps se préparait, ouvrant et dilatant tous ses pores, à aspirer la fraîcheur, à jouir de la froide et frissonnante volupté de la pluie. Machinalement mes doigts se crispaient comme s'ils pouvaient saisir les nuages et les amener plus rapidement jusqu'à cette terre altérée.

Mais ils arrivaient, paresseusement, poussés par une main invisible, ressemblant à de gros sacs boursouflés. Ils étaient lourds et noirs de pluie et se heurtaient en grondant comme des objets durs et pesants. Parfois une rapide lueur, tel le pétillement d'une allumette, éclairait leur surface. Puis ils flambaient, bleus et menaçants, tout en approchant de plus en plus, toujours plus sombres au fur et à mesure qu'ils s'amoncelaient. Tel un rideau de théâtre, le ciel s'abaissait graduellement. Déjà l'espace entier était tendu de noir, l'air chaud et comprimé se condensait, puis il y eut un dernier moment d'arrêt pendant lequel tout se raidit dans une attente muette et lugubre. Tout paraissait étranglé par ce poids noir qui pesait sur l'abîme, les oiseaux ne pépiaient plus, les arbres avaient perdu leur frémissement et les petites herbes même n'osaient plus trembler. Le ciel semblait enserrer dans un cercueil de métal le monde brûlant où tout s'était figé dans l'attente du premier éclair. J'étais là, retenant ma respiration, les mains jointes et crispées, replié dans une délicieuse angoisse qui me paralysait. J'entendais autour de moi les gens s'affairer, les uns venaient de la forêt, d'autres fuyaient le pas de la porte, de tous les côtés on courait, les bonnes fermaient précipitamment les fenêtres et baissaient les volets avec fracas. Pris d'une activité subite, tout le monde remuait, s'agitait, se bousculait. Moi seul restais immobile, muet et fiévreux : tout en moi se tendait, se préparait au cri de délivrance que déjà je sentais dans ma gorge, prêt à partir au premier coup de tonnerre.

Je perçus alors, juste derrière moi, un violent soupir qui sortait d'une poitrine oppressée et auquel se mêlaient ces paroles ardentes et nostalgiques : « Si seulement il pouvait pleuvoir ! » La voix était si farouche, si impulsif ce soupir d'une âme torturée, qu'il semblait venir de la terre elle-même, de cette terre assoiffée aux lèvres entr'ouvertes, de ce paysage tourmenté, anéanti sous un ciel de plomb. Je me retournai. Je vis une jeune fille : c'était elle, évidemment, qui avait parlé, car ses lèvres, pâles et bien marquées, n'étaient pas refermées et haletaient encore, tandis que son bras appuyé sur la porte tremblait doucement. Ce n'était pas à moi qu'elle s'était adressée, ni à personne. Elle était penchée sur le paysage comme sur un abîme et son regard terne fixait l'obscurité suspendue au-dessus des sapins. Il était noir et vide ce regard tourné vers la profondeur céleste et fixe comme un gouffre sans fond. Accroché au ciel, il fouillait la masse des nuages où devait éclater l'orage et ne m'effleurait même pas. Je pus ainsi observer l'inconnue à mon aise et je vis sa poitrine se soulever, comme si elle allait manquer de respiration, sa gorge délicate palpiter dans l'échancrure de son corsage ; puis ses lèvres altérées frémirent et s'entr'ouvrirent pour répéter : « Si seulement il pouvait pleuvoir ! » Ce soupir m'apparut de nouveau comme celui de toute la terre angoissée. L'air pétrifié de la jeune fille, son regard étrange tenaient du rêve et du somnambulisme. Et à la voir ainsi, blanche dans sa robe claire, se détachant sur le ciel noir, elle représentait vraiment pour moi la soif, l'espoir de toute la nature languissante.

J'entendis un léger sifflement dans l'herbe près de moi, un picotement sec sur la croisée, un fin crissement dans le gravier brûlant. Tout à coup ce bruit, ce murmure fut partout. Je compris que c'étaient des gouttes d'eau qui tombaient, des gouttes fumantes, les heureuses messagères de la grande pluie rafraîchissante. Elle commençait, elle avait commencé. Un heureux oubli des choses, une douce ivresse m'envahirent. Jamais je n'avais été aussi éveillé. Je fis un bond et attrapai une goutte dans la main. Lourde et tiède elle claqua contre mes doigts. J'enlevai mon chapeau pour bien sentir sur mes cheveux et sur mon front cette humide volupté, j'étais avide de me jeter complètement sous la pluie, de la sentir sur ma peau brûlante, dans mes pores dilatés et jusqu'au plus profond de mon sang agité. Les gouttes ne s'écrasaient encore que parcimonieusement sur le sol, mais déjà je pressentais leur ample ruissellement, déjà j'entendais le vacarme de l'eau qui jaillirait des écluses du ciel, déjà j'éprouvais une sensation de bien-être à l'idée des nuages qui allaient crever sur la forêt, sur la chaleur accablante du monde embrasé.

Cependant, chose étrange, les gouttes ne tombèrent pas plus vite. On pouvait les compter. Elles arrivaient une à une, susurrant, claquant, crépitant à droite et à gauche, mais tous ces bruits isolés ne parvenaient pas à s'accorder en vue de la grande et bruissante symphonie de la pluie. Elles tombaient timidement, et leur cadence, au lieu de s'accélérer, ralentissait de plus en plus ; brusquement toute pluie cessa. Ce fut comme l'arrêt subit du tic-tac d'une montre qui entraîne avec lui l'arrêt du temps. Mon cœur, qui brûlait déjà d'impatience, se refroidit tout à coup. J'attendis longtemps, mais il ne se passa rien. Le ciel, au front assombri, inclinait vers la terre son regard fixe et noir, un mortel silence plana pendant un moment, puis ce fut comme si sur sa face passait une lueur légère et moqueuse. Les hautes régions de l'atmosphère s'éclaircirent vers l'ouest, la cloison des nuages peu à peu se disloqua, et ils s'éloignèrent en faisant entendre de légers grondements. Leur masse noire s'amincit, cependant que sous l'horizon de plus en plus clair le paysage aux écoutes étendait son impuissante et morne désillusion. Un dernier tremblement de rage sembla agiter les arbres, ils se penchèrent et se recourbèrent, puis leurs feuilles qui déjà s'étaient tendues passionnément, telles des mains, retombèrent mollement, comme mortes. Le voile des nuages devenait de plus en plus transparent, une mauvaise et menaçante clarté se répandait sur le monde sans défense. L'orage s'était dissipé.

Je tremblais de tout mon être. Une véritable fureur s'empara de moi, révolte insensée de l'impuissance, de la déception, de la trahison. J'aurais voulu crier ou m'abandonner à des gestes de rage, l'envie me prit de casser quelque chose, envie diabolique qui répondait à un besoin fou de vengeance. Je sentais en moi la souffrance de la nature trahie, la langueur des plantes, la brûlure des routes, l'incandescence de la pierre, la soif de toute la terre déçue. Mes nerfs étaient de véritables fils électriques : leur tension était si grande que je les sentais vibrer au loin dans l'atmosphère chargée ; ils flambaient sous ma peau comme de multiples flammèches. Tout me faisait mal, les bruits étaient hérissés d'aiguillons, tout semblait léché par de petites flammes et mon regard se brûlait à ce qu'il touchait. L'irritation avait gagné le plus intime de mon être, au plus profond de mon cerveau s'éveillaient des sens multiples, habituellement muets et sans vie, qui s'ouvraient comme de petites narines, par lesquelles la chaleur m'envahissait. Je ne distinguais plus ma nervosité de celle de la nature, la mince membrane qui me séparait d'elle était déchirée, il n'y avait plus qu'une commune désillusion; et tandis que mon regard fiévreux plongeait dans la vallée, qui peu à peu se remplissait de lumières, je sentais chacune d'elles flamber en moi, les étoiles même brûlaient mon sang. Cette fièvre démesurée me consumait au-dedans comme au-dehors, et, comme sous l'effet d'un douloureux sortilège, il me semblait que tout ce qui m'environnait pénétrait en moi pour y grandir et y brûler. Dans un magique éveil des sens, je sentais la colère de chaque feuille, le regard sombre du chien qui, la queue tombante, se glissait près des portes, et tout, tout me faisait mal.

Le gong annonçait l'heure du dîner. Le son du cuivre résonna en moi, douloureusement lui aussi. Je me retournai. Où étaient-ils, les gens anxieux et agités qui tout à l'heure avaient passé là en courant? Où était-elle, cette femme, symbole de l'univers altéré, que j'avais complètement oubliée dans le désarroi de la déception? Tout le monde avait disparu. J'étais seul dans la nature silencieuse. Mon regard embrassa encore une fois l'horizon. Le ciel était tout à fait vide à présent, mais il n'était pas pur. Un voile verdâtre couvrait les étoiles, et la lune montante brillait de l'éclat sinistre d'un œil de chat. Là-haut tout était blafard, ironique et menaçant, tandis qu'en bas, bien au-dessous de cette sphère incertaine, la nuit au souffle tourmenté et voluptueux d'une femme déçue tombait, sombre, phosphorescente comme une mer tropicale. Une dernière clarté, vive et moqueuse, brillait au firmament, en bas l'obscurité s'étendait, lourde et inquiétante : une hostilité silencieuse séparait les deux régions, une lutte sourde et dangereuse se déroulait entre le ciel et la terre. Je respirai profondément, mon trouble ne fit que grandir. Je plongeai ma main dans l'herbe. Sèche comme du bois, elle crépita entre mes doigts.

Le gong retentit une deuxième fois. Ce son mort m'était odieux. Je n'avais ni faim, ni envie de voir du monde, mais cette atmosphère lourde et déserte était par trop horrible. Le ciel muet pesait sur ma poitrine, et je me rendais compte que je ne pourrais pas supporter son poids plus longtemps. J'entrai dans la salle à manger. Les pensionnaires étaient déjà assis à leurs petites tables. Ils parlaient à voix basse, mais pour moi c'était encore trop haut. Tout ce qui touchait mes nerfs irrités me causait une souffrance : le murmure des lèvres, le cliquetis des couverts, le bruit des assiettes, chaque geste, chaque souffle, chaque regard, tout se répercutait en moi et me faisait mal. Je dus me maîtriser pour ne pas faire une stupidité quelconque, mon pouls m'indiquait que mes sens étaient en proie à la fièvre. Je ne pus cependant m'empêcher de regarder l'une après l'autre les personnes présentes et je les détestai toutes, à les voir assises là si paisiblement, si à leur aise et prêtes à se jeter sur les plats, tandis que je me consumais. Une espèce de jalousie s'empara de moi devant ces gens contents et satisfaits, indifférents à la souffrance d'un monde, insensibles à la rage contenue qui s'agitait dans le sein de la terre mourante de soif. Je les dévisageai afin de savoir s'il ne se trouvait point parmi eux quelqu'un qui partageât ce tourment et cette colère, mais tous semblaient mornes et sans souci. Il n'y avait là que des êtres placides, béats, à la respiration calme, des êtres insensibles, robustes, sains et j'étais le seul malade, le seul qui participât à la fièvre de l'univers. Le garçon me passa les plats. Malgré ma bonne volonté il me fut impossible d'avaler une bouchée. Tout contact me dégoûtait. J'étais trop imprégné de la chaleur, du bouillonnement, de la souffrance de la nature tourmentée.

Une chaise à côté de moi bougea. Je sursautai. Chaque bruit à présent me faisait l'effet d'un fer chaud frôlant mon corps. Je regardai. Des gens s'étaient installés, de nouveaux voisins que je ne connaissais pas encore. Un monsieur d'un certain âge et sa femme, des bourgeois calmes aux yeux ronds et froids, aux joues qui mastiquaient. En face d'eux, me tournant le dos à demi, une jeune fille, leur fille sans doute. Je ne voyais que sa nuque blanche et fine, surmontée d'une épaisse chevelure noire, presque bleue, qui faisait penser à un casque d'acier. Elle était assise là sans bouger. A son attitude figée, je reconnus la femme que j'avais vue sur la terrasse, languissante, ouverte à la pluie comme une blanche fleur assoiffée. Ses petits doigts, d'une minceur maladive, jouaient nerveusement avec son couvert, sans pourtant faire de bruit ; et ce silence autour d'elle me fit du bien. Elle non plus ne touchait à aucun plat. Je la vis saisir son verre avec précipitation. Elle aussi sentait la fièvre de l'univers, ce geste de la soif en était la preuve ; j'étais heureux de le constater, et mon regard enveloppa mollement sa nuque d'une amicale sympathie. J'avais à côté de moi, je m'en rendais compte, un être qui n'était pas comme les autres séparé de la nature, qui brûlait de la même ardeur que le monde embrasé, et j'aurais voulu qu'elle connût le lien qui nous unissait. J'aurais aimé lui crier : « Sens donc ma présence ! Sens-moi donc ! Moi aussi je suis éveillé comme toi, moi aussi je souffre ! Sens-le donc ! Sens-le ! »

L'ardent magnétisme de mon désir la parcourait. Mon regard la pénétrait, caressait ses cheveux, je l'appelais des lèvres, je la pressais mentalement contre moi, je projetais hors de moi toute ma fièvre afin qu'elle la sentît fraternellement. Mais elle ne se retourna pas. Elle resta immobile, froide et lointaine comme une statue. Personne ne venait à mon aide. Elle non plus n'éprouvait pas ma souffrance, ne communiait pas avec l'univers. Moi seul brûlais.

Oh ! cette étouffante chaleur en moi et autour de moi. Impossible de la supporter plus longtemps. L'odeur grasse et écœurante de la cuisine m'incommodait ; chaque bruit, telle une vrille, perçait mes nerfs. Mon sang s'agitait de plus en plus. Un brouillard rouge passait devant mes yeux, je me rendais compte que j'allais m'évanouir.

Tout en moi était avide de fraîcheur et d'isolement, cette proximité des hommes m'écrasait. Il y avait une fenêtre à ma portée. Je l'ouvris toute grande. Tout là-bas était encore mystérieux, la violente inquiétude de mon sang était répandue dans l'immensité du ciel nocturne. La lune jaunâtre vacillait comme un œil enflammé dans un halo de brouillard rouge et des vapeurs blafardes glissaient pareilles à des fantômes sur la campagne. Les grillons chantaient fiévreusement ; l'air paraissait tendu de cordes métalliques aux vibrations aiguës et stridentes. De temps en temps on entendait le coassement léger et stupide d'une grenouille, des chiens aboyaient plaintivement et très fort ; quelque part dans le lointain des bêtes mugissaient, et je me souvins qu'en des nuits semblables la fièvre empoisonnait le lait des vaches. Comme moi la nature était malade, comme moi elle éprouvait un violent dépit, une sourde rage et il me semblait regarder dans un miroir qui eût reflété mes sentiments. Tout mon être se penchait dehors, ma fièvre et celle du paysage se confondaient en une muette et moite étreinte.

De nouveau les chaises remuèrent à côté de moi et de nouveau je tressaillis. Le dîner était terminé et les pensionnaires se levaient de table bruyamment : mes voisins passèrent devant moi. Le père d'abord, placide et rassasié, le regard aimable et souriant, ensuite la mère, puis la fille, dont maintenant seulement j'apercevais le visage. Il était pâle, légèrement jaune, de la même couleur terne et maladive que la lune, ses lèvres étaient toujours entr'ouvertes comme sur la terrasse ; elle marchait sans bruit, mais sans légèreté. Il y avait en elle une indolence et une lassitude qui me rappelaient étrangement mon propre état. Quelque chose en moi souhaitait son contact : être frôlé au passage par sa robe blanche ou respirer le parfum de ses cheveux. A ce moment-là ses yeux se dirigèrent de mon côté. Son regard fixe et noir me pénétra, s'incrusta en moi si profondément que lui seul exista, que le visage en fut éclipsé et que je ne vis plus que cette obscurité triste, dans laquelle je me précipitai comme dans un abîme. Elle fit un pas en avant, mais ses yeux ne me lâchèrent pas, ils restaient enfoncés comme une lance noire, dont la pointe à présent touchait mon cœur, qui s'arrêta. Une seconde ou deux elle maintint ainsi son regard cloué sur moi ; je ne respirais plus, je me sentais emporté, sans volonté, par le noir aimant de cette pupille. Puis elle s'éloigna. Mon sang instantanément jaillit, comme d'une plaie, activant sa course agitée à travers mon corps.

Quoi, que m'était-il arrivé ? Il me semblait sortir des bras de la mort. Etait-ce la fièvre qui m'avait troublé à ce point que je m'étais perdu dans le regard fugitif d'une passante ? Mais j'avais cru y lire cette même frénésie silencieuse, cette langueur désespérée, cette soif avide et insensée, qui m'apparaissait partout, dans le regard de la lune rouge, dans les lèvres altérées de la terre, dans le cri tourmenté des bêtes, la même qui s'agitait et brûlait en moi. Oh ! comme tout s'enchevêtrait dans cette étouffante et fantastique nuit, où tout s'était dissous en un sentiment unique d'attente et d'impatience.

Etait-ce ma folie, était-ce celle de l'univers? J'étais agité, et il me fallait une réponse; je suivis l'inconnue dans le hall. Je la trouvai près de ses parents, plongée silencieusement dans un fauteuil. Son redoutable regard était invisible sous ses paupières baissées. Elle tenait un livre ouvert devant elle, mais je ne croyais pas qu'elle pût lire. J'étais certain que si elle sentait comme moi, si elle souffrait de la souffrance insensée du monde, elle ne pouvait pas se replier dans une muette contemplation, que ce n'était là qu'une attitude pour se dérober à la curiosité étrangère. Je m'assis en face d'elle et la dévisageai; j'attendais anxieusement afin de savoir si le regard qui m'avait ensorcelé n'allait pas réapparaître et me livrer son secret. Mais elle ne bougeait pas. Sa main tournait les pages l'une après l'autre, avec indifférence, et ses yeux restaient baissés. J'attendais, avec une anxiété qui ne faisait que croître; une puissance mystérieuse tendait ma volonté, forte comme un muscle, toute physique, pour briser cette feinte. Au milieu de tous ces gens qui s'entretenaient tranquillement, fumaient ou jouaient aux cartes, une lutte sourde s'engageait entre l'inconnue et moi. Je savais qu'elle ne voulait pas lever les yeux, qu'elle s'y refusait, mais, plus elle résistait, plus je m'obstinais; et j'étais fort, car il y avait en moi l'espoir de toute la terre altérée et l'ardeur inassouvie du monde déçu; avec la même insistance que la chaleur moite sur ma peau, ma volonté affrontait la sienne, et j'étais sûr que bientôt elle serait obligée de me livrer son regard, qu'elle ne pourrait faire autrement. Au fond de la salle quelqu'un se mit au piano. Les sons s'égrenaient doucement jusqu'à nous, montaient et descendaient en traits rapides, là-bas un groupe riait bruyamment de quelque plaisanterie stupide; j'entendais tout, je devinais tout ce qui se passait, sans cependant me relâcher un instant. Je comptais maintenant les secondes à haute voix, pendant que je tirais et aspirais ses paupières, et que par la concentration de ma volonté j'essayais de relever sa tête obstinément baissée. Les minutes passaient les unes après les autres, entrecoupées par les sons du piano — et déjà ma force faiblissait, lorsque tout à coup elle se leva d'un seul élan et me regarda droit dans les yeux. C'était ce même regard qui n'en finissait pas, ce néant noir, terrible, fascinant. Je fus aspiré sans résistance. Je plongeai dans ces pupilles noires comme l'objectif d'un appareil photographique et j'eus l'impression d'être englouti par elles, d'être précipité hors de moi-même; le sol se dérobait sous mes pieds, et cette chute vertigineuse me causait une étrange volupté. Bien au-dessus de moi j'entendais encore le roulement sonore des arpèges, mais déjà j'avais perdu la notion réelle des choses. Mon sang avait fui, ma respiration s'arrêtait. Je me sentais étranglé par cette minute ou cette heure ou cette éternité, lorsque ses paupières se refermèrent. J'émergeai comme un naufragé qui sort de l'eau, frissonnant, secoué par la fièvre et le danger.

Je regardai autour de moi. En face, au milieu d'autres personnes, je ne vis qu'une jeune fille assise, penchée sur un livre, une jeune fille élancée, immobile, comme un tableau. Sous sa robe blanche son genou tremblait légèrement. Mes mains aussi tremblaient. Je savais que le jeu voluptueux de l'attente et de la résistance allait recommencer, que durant de longues minutes ma volonté tendue devrait soutenir ma prétention et que, finalement, un regard me replongerait dans de sombres flammes. Mes tempes étaient moites, mon sang bouillonnait. Je n'en pouvais plus. Je me levai sans me retourner et je sortis.

La nuit s'étendait à l'infini devant la maison éclairée. La vallée semblait engloutie, et le ciel brillait d'un éclat mouillé et voilé. Là non plus aucun changement, aucune fraîcheur, mais partout se retrouvait cette union dangereuse de la soif et de l'ivresse, que j'éprouvais dans mon propre sang. Quelque chose de malsain, d'humide, comme la sudation d'un fiévreux, traînait sur la campagne qui exhalait une vapeur laiteuse; des lueurs lointaines apparaissaient et disparaissaient brusquement dans la lourde atmosphère, un anneau jaune encerclait la lune et rendait son regard mauvais. Je me sentais fatigué comme jamais je ne l'avais été. Un fauteuil en rotin qu'on avait oublié de rentrer se trouvait là : je m'y jetai. Mes membres pendaient inertes, je m'étendis et restai immobile. Voici que, appuyé mollement contre le jonc souple, cette chaleur lourde me parut tout à coup merveilleuse. Elle ne me tourmentait plus, elle ne faisait que se presser contre moi, tendrement et voluptueusement, et je ne me défendais pas. Je fermai les yeux pour ne rien voir, pour sentir plus fort la nature, la chose vivante qui m'étreignait. Comme un poulpe vous enveloppant de ses tentacules, la nuit, molle et lisse, se pressait maintenant contre moi, me touchait de ses mille lèvres. Je cédai, je m'abandonnai à quelque chose qui me saisissait, me serrait, m'enlaçait, qui buvait mon sang, et dans cette chaude et lourde étreinte j'étais comme une femme anéantie dans la douce extase de l'amour. Il m'était agréable, et j'en frissonnais, d'être ainsi sans résistance, de livrer mon corps entier à la seule nature; cette puissance invisible était merveilleuse, elle me caressait la peau, la pénétrait, me détendait les articulations. Je n'essayais pas de lutter avec elle. Je m'abandonnais à ces sensations étranges, et, confusément, comme dans un rêve, j'avais l'impression que la nuit et ce regard de tout à l'heure, que la femme et le paysage n'étaient qu'une seule et même chose, dans laquelle il était doux de se perdre.

Un bruit me fit sursauter. De tous mes sens je tâtai autour de moi, sans savoir où j'étais. Puis je vis, je compris que je m'étais allongé dans ce fauteuil, que j'avais fermé les yeux, que je m'étais assoupi. Il devait y avoir plusieurs heures que je me trouvais là, car déjà il n'y avait plus de lumières dans le hall de l'hôtel. Mes cheveux collaient sur mon front moite; on eût dit qu'une chaude rosée était tombée sur moi pendant mon sommeil étrange et sans rêve. Je me levai, les idées confuses. Tout en moi était trouble, mais autour de moi également. On entendait des grondements dans le lointain, et parfois des lueurs passaient dans le ciel comme des menaces. L'air sentait le soufre et le feu, de perfides éclairs brillaient derrière les montagnes et en moi demeuraient vifs le souvenir et le pressentiment. Je serais volontiers resté là pour me recueillir, prendre conscience de ce moment mystérieux : mais il se faisait tard et je rentrai.

Le hall était vide. Les sièges se trouvaient encore là pêle-mêle, comme le hasard les avait groupés, sous la pâle clarté d'une unique lumière. Vides et inanimés ils paraissaient lugubres, et malgré moi j'évoquai dans l'un d'eux la tendre silhouette de l'étrange créature dont le regard m'avait tant troublé. Il était encore vivant au plus profond de mon être ; je le sentais briller dans ma direction ; un mystérieux pressentiment me faisait deviner qu'il était encore éveillé, quelque part dans ces murs, et sa promesse dansait dans mon sang comme un feu follet. Il faisait toujours aussi lourd. A peine fermais-je les yeux, que je sentais des étincelles rouges sous mes paupières. Le jour blafard et brûlant continuait à luire en moi, cependant que m'enfiévrait cette nuit vibrante, étincelante, fantastique.

Mais je ne pouvais pas rester dans ce corridor sombre et désert. Je montai l'escalier sans le vouloir. Il y avait en moi une force que je ne parvenais pas à maîtriser. J'étais fatigué, et pourtant, je ne me sentais pas encore prêt à dormir. Une étrange et lucide divination m'annonçait une aventure et mes sens étaient tendus vers quelque chose de chaud et de vivant. De fines et flexibles antennes partaient de mon être explorer l'escalier, frapper à toutes les portes ; ma sensibilité, précédemment ouverte aux vibrations de la nature, me faisait à présent participer à la vie de l'hôtel. J'y percevais le sommeil, la tranquille respiration des dormeurs, la marche lourde et sans rêves de leur sang noir et épais, leur calme béat, mais aussi l'attirance magnétique d'une force invisible. Je soupçonnais quelque chose d'y être éveillé comme moi. Etait-ce ce regard, était-ce le paysage qui avait mis en mon être cette subtile et ardente folie ? Il me semblait palper quelque matière douce à travers l'épaisseur des murs, une petite flamme d'inquiétude tremblait en moi, troublait mes sens et ne voulait pas se consumer. Je montai l'escalier malgré moi, m'arrêtant cependant à chaque marche pour écouter en moi-même, pas avec l'ouïe seulement, mais avec tous mes sens. Rien ne pouvait m'étonner, tout en moi guettait l'étrange, l'inouï, la nuit ne pouvait pas finir sans un miracle, la lourde chaleur prendre fin sans éclair. De nouveau, je faisais corps avec l'univers, qui dans son impuissance appelait l'orage du plus profond de lui-même. Mais rien ne bougeait. Seul un souffle léger traversait la calme demeure. Fatigué et déçu je gravis les dernières marches, et j'eus peur de ma chambre solitaire comme d'un cercueil.

La poignée de la porte, humide et chaude au toucher, luisait vaguement dans l'obscurité. J'entrai. Au fond, la fenêtre ouverte découpait un carré de nuit où se détachaient les cimes serrées des sapins de la forêt d'en face et un bout de ciel nuageux. Tout était sombre au-dehors comme au-dedans, la nature et la chambre, seule — fait bizarre et inexplicable — dans l'embrasure de la fenêtre brillait une chose mince, droite, qui faisait penser à un rayon de lune égaré.

Je fis quelques pas, pour voir ce qui pouvait luire en cette nuit où la lune était voilée. Je m'approchai encore un peu plus et cela se mit à bouger. Je fus surpris, mais non effrayé, car cette nuit-là j'étais étrangement préparé au fantastique, je l'attendais, je le pressentais. Aucune rencontre ne pouvait m'étonner, et celle-ci moins que toute autre, car vraiment c'était elle qui était là, la femme à laquelle inconsciemment j'avais pensé à chaque marche que je montais, à chaque pas que je faisais dans la maison endormie, celle dont mes sens exaltés avaient senti à travers les murs la présence éveillée. Son visage m'apparut comme une lueur, cependant que sa chemise de nuit semblait l'envelopper d'une vapeur blanche. Telle qu'elle était là, penchée sur le paysage et comme attirée mystérieusement vers son destin par le miroir luisant des profondeurs, elle paraissait féerique : Ophélie au-dessus de l'étang.

J'approchai, à la fois craintif et ému. Elle avait dû m'entendre, car elle se retourna. Son visage était dans l'ombre. Je ne savais pas si elle me voyait, si réellement elle m'entendait, car il n'y avait rien de brusque dans son geste, aucune frayeur, aucune résistance. Tout était silencieux autour de nous. Rien que le tic-tac d'une petite horloge accrochée au mur. Le silence se prolongea, puis elle dit soudain d'une voix douce ces mots inattendus : « Que j'ai peur ».

A qui parlait-elle? M'avait-elle reconnu? Etait-ce à moi qu'elle s'adressait? Parlait-elle dans le sommeil? C'était la même voix, le même son tremblant qui, l'après-midi, avait frémi devant les nuages proches, avant même que son regard m'eût remarqué. Bien que ce fût étrange, je n'étais pourtant ni étonné ni troublé. J'allai vers elle pour la tranquilliser et je pris sa main. Elle était chaude et sèche comme de l'amadou, ses doigts se brisèrent doucement dans les miens. Sans mot dire elle me laissa sa main. Tout en elle était détendu, sans ressort ni défense. Seules ses lèvres répétèrent, et ses paroles semblaient venir de très loin : « Que j'ai peur, que j'ai peur ! » Puis, dans un soupir mourant, comme si elle étouffait : « Ah, qu'il fait lourd ! » La voix n'était qu'un murmure, comme s'il s'agissait d'un secret entre nous deux. Je sentais cependant que ce n'était pas à moi qu'elle s'adressait.

Je saisis son bras. Elle tremblait légèrement, comme les arbres l'après-midi, avant l'orage, mais elle ne se défendait pas. Je la serrai davantage, elle s'abandonna. Faibles, sans résistance, ses épaules tombèrent sur moi comme une vague chaude qui déferle. Elle était tout contre moi, à présent, je pouvais respirer la chaleur de sa peau et l'odeur moite de ses cheveux. Je ne fis aucun mouvement, elle resta silencieuse. Tout cela était étrange, et ma curiosité se mit à flamber. Mon impatience devint de plus en plus grande. J'effleurai ses cheveux de mes lèvres, elle ne s'y opposa point. Puis je pris ses lèvres. Elles étaient sèches et brûlantes, et sous mon baiser elles s'ouvrirent brusquement pour boire aux miennes, non avec passion, mais avec la calme exigence de l'enfant au sein. Elle me faisait l'impression d'un être mourant de soif, et, de même que ses lèvres, son corps svelte, dont je sentais la chaude respiration à travers le mince vêtement, se pressait contre moi, — tout comme avait fait la nuit tout à l'heure — sans violence, mais avec avidité et ivresse. Et voilà qu'en la tenant — mes sens étaient encore troubles — je sentais sur moi, chaude et moite, telle qu'elle était dans la journée, la terre altérée dans l'attente de l'ondée bienfaisante. Je l'embrassai et l'embrassai encore, et je croyais presser contre moi le vaste monde, comme si la chaleur qui brûlait ses joues était la vapeur brûlante des champs, comme si la campagne frémissante respirait dans sa chaude et molle poitrine.

Mais alors que mes lèvres errantes montaient jusqu'à ses yeux, dont les flammes noires m'avaient fait frissonner, au moment où je me redressai, pour voir son visage et en jouir davantage en le contemplant, je m'aperçus, étonné, que ses paupières étaient closes. Comme un masque grec taillé dans la pierre elle était là sans yeux, sans vie, — Ophélie morte, à présent, flottant sur les eaux, le visage inerte et pâle, émergeant des flots sombres. J'eus peur. La réalité m'apparut dans cette aventure fantastique. Je m'aperçus avec horreur que je tenais dans mes bras une malade, une égarée, une inconsciente, une somnambule poussée dans ma chambre par la chaleur accablante de la nuit, un être qui ne savait pas ce qu'il faisait, et qui peut-être ne voulait pas de moi. J'eus peur et je trouvai qu'elle était lourde.

Doucement je m'efforçai de laisser glisser sur une chaise, sur le lit, cette femme privée de volonté, afin de ne pas abuser de son délire, de ne pas accomplir une chose que peut-être elle n'eût point voulue, mais que désirait seulement le démon de son sang. A peine me sentit-elle délier l'étreinte, qu'elle se mit à geindre doucement : « Ne me lâche pas ! Ne me lâche pas ! » et ses lèvres devenaient plus avides, son corps se serrait davantage contre le mien. Son visage aux yeux clos était tendu douloureusement ; je m'aperçus, angoissé, qu'elle voulait s'éveiller et ne le pouvait pas, que ses sens égarés cherchaient de toutes leurs forces à s'évader de cette prison de ténèbres, à retrouver leur lucidité. Et le fait que, sous le masque de plomb du sommeil, quelque chose luttait pour se dégager de l'enchantement, suscitait en moi la dangereuse envie de la réveiller. Mes nerfs brûlaient du désir de la voir non plus en état de somnambulisme, mais éveillée et parlant comme un être réel. Ce corps aux jouissances sourdes, je voulais à tout prix le ramener à l'état conscient. Je l'attirai violemment à moi, je la secouai, j'enfonçai mes dents dans ses lèvres et mes doigts dans ses bras, afin qu'elle ouvrît enfin les yeux et fît consciemment ce que jusqu'alors seul un vague instinct l'avait poussée à faire. Elle se courba en gémissant sous la douloureuse étreinte. « Encore... Encore... » murmura-t-elle, avec une chaleur insensée qui m'excitait et me faisait perdre la raison. Je sentais que l'éveil était proche, qu'il allait percer sous les paupières closes, qui déjà tremblaient d'une manière inquiète. Je la serrai de plus en plus fort, je m'enfonçai plus profondément en elle ; soudain une larme roula le long de sa joue et je bus la goutte salée. La terrible agitation de son sein augmentait sous mon étreinte, elle gémissait, ses membres se crispaient comme s'ils eussent voulu briser quelque chose de terrible, le cercle de sommeil qui l'emprisonnait ; soudain — ce fut comme un éclair à travers le ciel orageux — quelque chose en elle se rompit. Elle fut de nouveau un poids lourd et inerte dans mes bras, ses lèvres se détachèrent, elle laissa retomber ses mains, et lorsque je la déposai sur le lit elle resta couchée comme morte. J'eus peur. Involontairement, je la touchai, tâtai ses bras et ses joues, tout était froid, glacé, pétrifié. Seules ses tempes battaient faiblement. Elle gisait là comme un marbre, les joues humides de larmes ; une respiration légère caressait ses narines dilatées. De temps en temps un faible tressaillement la parcourait encore, vague descendante de son sang agité, mais les spasmes peu à peu s'apaisaient. De plus en plus elle ressemblait à une statue. Ses traits se détendaient et s'humanisaient, devenaient plus juvéniles, plus limpides. La crispation avait disparu. Elle s'était assoupie. Elle dormait.

Je restai assis sur le bord du lit, penché sur elle et tout tremblant. Enfant paisible, elle reposait là, les yeux fermés, un léger sourire au coin de la bouche, animée d'un rêve intérieur. M'inclinant davantage vers elle, je distinguais chaque trait de son visage, je sentais sur ma joue le souffle de son haleine, et plus je la voyais de près, plus elle me paraissait mystérieuse et lointaine. Où étaient à présent les pensées de celle qui gisait là inerte comme une pierre, de cette femme qu'avait poussée vers moi le souffle brûlant d'une lourde nuit d'été et qui maintenant ressemblait à une morte rejetée sur le rivage ? Qui était cette femme qui se trouvait là à portée de ma main, d'où venait-elle, et quelles étaient ses origines? Je ne connaissais rien d'elle, je savais seulement qu'aucun lien ne nous unissait. Je la regardais — minutes silencieuses où l'on n'entendait que le tic-tac de l'horloge accrochée au mur — et j'essayais de lire dans son visage muet, mais rien d'elle ne m'était familier. J'avais envie de l'arracher de ce sommeil bizarre, tout près de moi, dans ma chambre, tout près de ma vie, et j'avais peur, en même temps, de son premier regard de lucidité. C'est ainsi que je restai là, muet, une heure ou deux peut-être, à veiller sur le sommeil de cet être inconnu, et peu à peu j'eus l'impression que ce n'était pas une femme, un être humain, qu'une étrange aventure avait conduit près de moi, mais la nuit elle-même et que c'était le secret de la nature tourmentée et mourante de soif qui se révélait à moi. Il me semblait que la terre brûlante, les sens enfin apaisés, reposait là sous ma main.

J'entendis un bruit derrière moi. Je sursautai comme un coupable. La fenêtre tremblait, elle paraissait secouée par un poing gigantesque. Je me redressai brusquement. Devant moi, le mystère : une nuit transformée, nouvelle et dangereuse, déployait une sauvage activité avec des traînées sombres dans le ciel. On entendait un sifflement, une terrible rumeur, une tour noire s'élevait dans le ciel, et du fond des ténèbres une chose froide et humide se jeta sur moi avec violence : c'était le vent. Il surgissait de l'obscurité avec une force prodigieuse, ses poings secouaient les fenêtres, martelaient la maison. L'obscurité était un gouffre béant et horrible, des nuages s'avançaient, qui bâtissaient avec une hâte frénétique de noires murailles, et l'on entendait comme un mugissement entre ciel et terre. La lourde et persistante chaleur était emportée par ce courant sauvage, tout s'agitait, se mouvait, se déployait, c'était comme une fuite rapide d'un bout à l'autre du ciel, et les arbres, solidement enracinés dans la terre, geignaient sous le fouet cinglant et invisible de la tempête. Soudain l'horizon fut divisé en deux par une lueur blanche : un éclair fendit le ciel jusqu'à la terre. Puis le tonnerre éclata avec une telle force qu'on eût dit que le ciel s'effondrait dans l'abîme. J'entendis remuer derrière moi. La femme s'était brusquement éveillée. L'éclair lui avait fait ouvrir les yeux. Troublée elle promena autour d'elle un regard effaré. « Qu'y a-t-il ? », dit-elle. « Où suis-je ? » La voix n'était plus du tout la même qu'avant. Elle tremblait encore de peur, mais le timbre en était clair. De nouveau un éclair déchira le paysage ; je vis, l'espace d'un instant, le contour éclairé des sapins secoués par la tempête, les nuages qui couraient dans le ciel comme des bêtes furieuses, la chambre baignée d'une blanche lumière et, plus blanc que tout le reste, son pâle visage. Elle se leva d'un bond. Ses mouvements étaient devenus libres. Elle me regarda fixement dans l'obscurité. Son regard était plus noir que la nuit. « Qui êtes-vous, où suis-je ? » balbutia-t-elle, terrifiée, en ramenant sur sa poitrine sa chemise entr'ouverte. Je m'approchai d'elle pour la calmer, mais elle recula. « Que voulez-vous de moi ? » cria-t-elle de toutes ses forces. Je cherchai un mot pour la tranquilliser, pour lui parler, mais, à ce moment seulement, je me rendis compte que j'ignorais son nom. Un nouvel éclair illumina la chambre ; les murs paraissaient enduits de phosphore et éblouissaient par leur blancheur ; elle était devant moi, blanche, les bras tendus en avant dans un mouvement de défense dicté par la frayeur, et dans son regard, à présent éveillé, perçait une haine sans bornes. Dans l'obscurité qui s'abattit sur nous en même temps que le tonnerre, je cherchai vainement à l'apaiser, à m'expliquer, à la retenir, elle se dégagea, ouvrit violemment la porte que lui indiquait un nouvel éclair et se précipita dehors. Un coup de tonnerre formidable se fit entendre en même temps que se refermait la porte.

Puis ce fut le déchaînement, des ruisseaux se jetaient d'une hauteur infinie, pareils à des cascades et la tempête les brandillait avec fracas comme elle eût fait de cordages mouillés. Parfois elle lançait des paquets d'eau glacée et des bouffées d'air parfumé dans l'embrasure de la fenêtre, où je restai en contemplation jusqu'à ce que mes cheveux fussent mouillés et mon corps trempé. J'étais heureux de sentir la pureté des éléments, il me semblait que les éclairs me délivraient moi aussi de mon accablement, et j'aurais voulu crier de plaisir. J'oubliais tout dans le ravissement de pouvoir enfin respirer et sentir cette fraîcheur que j'aspirais comme la terre, comme la campagne : j'éprouvais la volupté d'être secoué comme les arbres qui oscillaient en sifflant sous les verges mouillées de la pluie. La lutte voluptueuse entre le ciel et la terre était d'une beauté démoniaque, c'était une gigantesque nuit de noces dont je partageais le plaisir en pensée. Les éclairs empoignaient la terre frémissante, le tonnerre s'abattait sur elle et c'était dans cette obscurité gémissante une étreinte passionnée. Les arbres soupiraient voluptueusement, et, au milieu des éclairs de plus en plus violents, l'horizon tissait ses mailles, les veines ouvertes du ciel se mêlaient en coulant aux rigoles des chemins. Tout se disloquait, s'effondrait, la nuit et le monde, et un souffle nouveau, merveilleux, dans lequel l'odeur des champs se mêlait à l'haleine embrasée du ciel, me pénétrait de sa pureté. Trois semaines d'ardeur contenue s'assouvissaient dans cette lutte, dont j'éprouvais les bienfaits. Il me semblait que la pluie entrait dans mes pores, que le vent purificateur passait par mes bronches, je n'étais plus un être humain, j'étais la pluie, l'ouragan, la nuit, le monde dans ce débordement de la nature. Une fois que peu à peu tout se fut rasséréné, que les éclairs, devenus bleus et inoffensifs, ne firent plus qu'errer dans le ciel, que le grondement du tonnerre se fut réduit à une paternelle exhortation, et que le vent s'étant fatigué une pluie rythmique se fut mise à tomber, la lassitude alors me gagna et un besoin de repos se fit aussi sentir en moi. Mes nerfs vibraient comme une musique cependant que mes membres se détendaient délicieusement. Dormir maintenant avec la nature et se réveiller avec elle fut le cri de tout mon être ! Je me dévêtis en hâte et je me jetai dans mon lit. Il avait conservé l'empreinte de douces formes étrangères. Je les sentais vaguement, la singulière aventure tentait de renaître dans mon esprit, mais je ne la comprenais même plus. La pluie tombait toujours et balayait mes pensées. Tout ne m'apparaissait plus que comme un rêve. Sans cesse j'essayais de me souvenir de ce qui m'était arrivé, mais la pluie tombait, tombait toujours. La nuit douce et chantante était un merveilleux berceau, et j'y sombrai, m'endormant avec elle.

Le lendemain matin, en m'approchant de la fenêtre, je vis un monde transformé. La campagne, claire et sereine, étendait ses contours fermes sous les rayons d'un soleil stable, et, bien au-dessus d'elle, lumineux miroir de cette sérénité, l'horizon déployait sa vaste voûte bleue. La limite était nettement tracée ; le ciel, qui, la veille, avait profondément pénétré les champs et les avait fécondés, était infiniment loin. Il était très loin, à présent, à des mondes de distance, et, détaché de tous liens, il ne touchait plus nulle part la terre odorante, son épouse, qui respirait, apaisée. Un abîme bleu les séparait et, sans désirs comme des étrangers, le ciel et le paysage se regardaient.

Je descendis à la salle à manger. Les pensionnaires étaient déjà réunis. Ils étaient tout autres qu'en ces semaines de chaleur épouvantable. Ils avaient repris une activité normale. Leur rire était clair, leurs voix étaient mélodieuses, métalliques ; leur apathie de la veille avait complètement disparu, le lien pesant qui les enserrait s'était rompu. Je m'assis au milieu d'eux et ma curiosité se mit à chercher celle dont le sommeil m'avait presque arraché l'image. Elle était assise à la table voisine, entre son père et sa mère. Elle était gaie, ses épaules semblaient légères et je l'entendis rire, d'un rire clair et insouciant. Mon regard l'enlaça. Elle ne m'aperçut pas. Elle racontait une histoire quelconque qui l'amusait et entre les mots perlait un rire enfantin. Elle finit par regarder de mon côté, par hasard, et à ce rapide coup d'œil son rire involontairement se tut. Elle me regarda plus attentivement. Elle paraissait intriguée, ses sourcils se froncèrent, son œil sévère m'interrogeait, et peu à peu son visage se tendit, parut tourmenté, comme si elle voulait se rappeler quelque chose sans y parvenir. J'attendais, les yeux dans ses yeux, pour voir si aucun signe d'agitation ou de gêne me concernant ne s'y lirait. Mais déjà elle avait détourné la tête. Au bout d'une minute son regard revint sur moi. Encore une fois il examina mon visage. Une seconde seulement, une longue seconde, je le sentis dur, acéré, métallique, pénétrer profondément en moi, mais ensuite il se détacha, tranquillisé, et je vis à la clarté ingénue de ses yeux, à l'air presque content avec lequel elle tourna légèrement la tête, qu'éveillée elle ne savait plus rien de moi et que notre commune aventure avait sombré dans la nuit magique. Nous étions redevenus des étrangers, aussi éloignés l'un de l'autre que le ciel et la terre. Elle parlait avec ses parents, balançait, insouciante, ses sveltes et virginales épaules, ses dents étincelaient gaiement sous les lèvres minces dont j'avais, il y a quelques heures à peine, étanché la soif et chassé l'étouffante chaleur de tout un monde.

LE BOUQUINISTE MENDEL

LE BOUQUINISTE MENDEL

De retour à Vienne, après une visite dans la banlieue, je fus surpris par une averse. Chassés par l'ondée, les passants se réfugiaient sous les porches et les marquises. Je me mis également en quête d'un abri. Heureusement, à Vienne, un café vous attend à chaque coin de rue. C'est ainsi que, trempé, le chapeau ruisselant et les épaules mouillées, dans un de ces petits cafés de faubourg [illegible] la tradition viennoise. [illegible] dans les cafés du centre où l'on singe les modes allemandes, il [illegible] de petites gens qui faisaient une plus grande consommation de journaux que de pâtisseries. Une atmosphère [illegible] régnait, imprégnée d'une fumée [illegible]. Malgré cela, ce local avait un air propret avec ses sofas de velours et son comptoir en aluminium. Dans ma hâte, je n'avais pas eu le temps de jeter un coup d'œil à l'enseigne avant d'entrer. À quoi bon d'ailleurs ? [illegible] dans ce café, je regardais impatiemment à travers les vitres couvertes de buée, attendant que cette averse voulût bien cesser.

Dans mon oisiveté, je commençai déjà à m'abandonner à la douce [illegible]

De retour à Vienne, après une visite dans la banlieue, je fus surpris par une averse. Cinglés par la pluie, les passants se réfugiaient sous les porches et les marquises. Je me mis également en quête d'un abri. Heureusement, à Vienne, un café vous attend à chaque coin de rue. C'est ainsi que j'échouai, le chapeau ruisselant et les épaules mouillées, dans un de ces cabarets de faubourg dans la tradition viennoise. Là, pas de jazz comme dans les cafés du centre, où l'on singe les modes allemandes. Il regorgeait de petites gens qui faisaient une plus grande consommation de journaux que de pâtisseries. Une atmosphère lourde y régnait, marbrée d'une fumée bleuâtre. Malgré cela, ce local avait un air propret, avec ses sofas en velours et son comptoir en aluminium. Dans ma hâte, je n'avais pas eu le temps de lire l'enseigne avant d'entrer. A quoi bon d'ailleurs? — J'étais casé. Je regardais impatiemment à travers les vitres couvertes de buée, attendant que cette averse voulût bien cesser.

Dans mon oisiveté, je commençais déjà à m'abandonner à la douce paresse qui émane de tout véritable café viennois. Machinalement, je dévisageais les clients, dont les yeux, dans cet air enfumé, paraissaient étrangement cernés à la lueur des lampes. J'observais la demoiselle du buffet qui distribuait mécaniquement aux garçons sucre et cuillères. Somnolent, je lisais les réclames qui couvraient les murs et cette sorte d'engourdissement me procurait un certain bien-être.

Soudain, je fus arraché à mes rêveries de la manière la plus étrange. Une vague émotion m'envahit, comme une rage de dents, qui vous prend brusquement sans qu'on sache au juste si elle réside dans la joue droite ou la joue gauche. J'éprouvais un sentiment indéfinissable, car je venais de me rendre compte, sans deviner pourquoi, que ce local ne m'était pas inconnu. Une obscure réminiscence me liait à ces murs, à ces chaises, à ces tables.

Mais, plus je m'efforçais de saisir ce vague souvenir, plus il m'échappait, plongé dans les gouffres du subconscient, comme une anguille au fond de l'eau. En vain, je fixais du regard tous les objets qui m'entouraient. Certes, je n'avais jamais vu cette caisse reluisante sur le comptoir, ni cette boiserie brune en faux palissandre. Et pourtant ! J'étais déjà venu là, il y a vingt ans, ou plus. Quelque vestige de mon âme d'autrefois gisait là, caché comme une épingle dans la fente d'un parquet. Mes sens fouillèrent avec force autour de moi et en moi-même. Impossible d'atteindre à ce souvenir disparu, enfoui au fond de mon cœur.

Cela me contrariait de constater, une fois de plus, l'insuffisance et l'imperfection de nos capacités mentales. Mais je ne renonçais pas à l'espoir de reconquérir malgré tout ce souvenir. Je le savais bien, il suffisait que je saisisse un fait, si minuscule fût-il, car ma mémoire est si étrange, bonne et mauvaise à la fois, capricieuse et pourtant incroyablement fidèle. Souvent, elle engloutit dans ses profondeurs les événements les plus importants ou des physionomies que j'ai observées et ne les restitue jamais par un acte de ma volonté. Mais il suffit du moindre point de repère, d'une carte postale illustrée, de quelques traits de plume sur une enveloppe, ou d'une page de journal jaunie, pour qu'aussitôt le souvenir frétille sous la mystérieuse surface du subconscient comme un poisson au bout d'une ligne. Je retrouve alors chaque particularité d'une personne que j'ai connue autrefois, je revois sa bouche, la brèche de ses dents, j'entends son rire chevrotant, je revois l'expression joyeuse de son visage. Tout cela m'apparaît avec une netteté parfaite, et je me souviens de chaque mot que cette personne m'a dit. Toujours il me faut, pour saisir le passé, une excitation des sens, un minuscule fait concret.

Je fermai les yeux pour mieux réfléchir, pour jeter cet hameçon magique. Rien ne vint ! Oublié, englouti ! Je m'exaspérais contre l'appareil défectueux logé entre mes deux tempes, j'aurais voulu me frapper le front, comme on secoue brutalement un distributeur automatique qui ne vous livre pas l'objet désiré.

Impossible de rester assis plus longtemps. Je me levai pour me donner un peu de mouvement. Chose étrange ! A peine avais-je fait quelques pas dans le local qu'une lumière crépusculaire se fit dans mon esprit. A côté du comptoir — je m'en souvenais maintenant — une porte devait conduire dans une pièce sans fenêtres, éclairée à la lumière artificielle. Et en effet, elle était là, cette pièce séparée, cette salle de jeux. La tapisserie avait changé, mais les proportions étaient les mêmes. Instinctivement je cherchai les meubles. Mes nerfs vibraient joyeusement, je sentais que j'allais tout savoir. Deux billards étalaient leurs tapis verts comme des mares stagnantes. Dans les coins, des conseillers ou des professeurs étaient attablés et jouaient aux échecs. Tout près du calorifère, à l'entrée de la cabine téléphonique, se trouvait une petite table carrée. Alors, ce fut comme un éclair qui m'eût traversé de part en part. La lumière totale se fit en moi, chaude et réconfortante. Mon Dieu ! Mais c'était la place de Mendel, du bouquiniste Jacob Mendel. Après vingt ans j'étais entré, sans m'en douter, dans son quartier général, le café Gluck, à l'Alserstrasse. Jacob Mendel ! Comment avais-je pu l'oublier, cet homme extraordinaire, ce phénomène, cet érudit, ce magicien, ce prestigieux bouquiniste qui, assis tous les jours, du matin au soir, à cette table, avait fait la gloire et la renommée du café Gluck !

Je fermai les yeux une seconde fois pour regarder en moi-même et aussitôt je le vis nettement sur l'écran rose de mes paupières. Il m'apparut en chair et en os, à sa table de marbre couverte de livres et de paperasses. Il trônait là, immuable comme un roc, ses yeux cerclés de lunettes fixés sur un livre. Tout en lisant, il grommelait et balançait de temps en temps son buste et son crâne chauve, habitude qu'il avait prise aux écoles juives. C'est à cette table, et ici seulement, qu'il parcourait ses catalogues et ses livres. Il chantonnait et se berçait doucement dans son froc noir, à la manière des juifs lisant le Talmud. Car les pieux Israélites savent que, grâce au doux balancement du corps, leur esprit, comme l'enfant au berceau, s'abandonne mieux aux extases mystiques. Jacob Mendel ne voyait et n'entendait rien de ce qui se passait autour de lui. On jouait au billard : les marqueurs allaient et venaient, le téléphone sonnait, quelqu'un récurait le plancher ou garnissait le fourneau. Tout cela passait inaperçu. Un jour, un charbon ardent, tombé du calorifère, avait mis le feu au plancher, tout près de lui. Un client accourut pour éteindre le brasier naissant. Jacob Mendel, tout entouré de fumée, n'avait rien remarqué.

Il lisait comme d'autres prient, comme des joueurs se passionnent pour leur partie, ou comme des ivrognes suivent une idée fixe. Je l'avais vu lire avec un recueillement si parfait, que la manière dont lisent les autres gens me semble, depuis lors, superficielle et profane. Chose certaine, le pauvre bouquiniste galicien Jacob Mendel m'avait révélé, à moi, jeune étudiant, cette concentration parfaite, propre à l'artiste et au savant, au sage et au fou, ce bonheur ou cette fatalité mystérieuse qui fait de l'homme un véritable possédé.

J'avais été introduit auprès de lui par des camarades un peu plus âgés que moi. A cette époque, je faisais des recherches sur Mesmer, médecin et magnétiseur de l'école de Paracelse. J'avais beaucoup de peine à me documenter. Les ouvrages des spécialistes étaient tout à fait insuffisants. Le bibliothécaire à qui je m'étais adressé avec une naïve confiance m'avait répondu d'un ton bourru que ce n'était pas son affaire que de m'indiquer les sources bibliographiques. Alors, mon camarade me cita, pour la première fois, le nom de Mendel :

— J'irai avec toi chez lui, me dit-il. Il sait tout et vous procure tout. Il te dénichera le livre le plus introuvable, caché dans la boutique du dernier des antiquaires. C'est dans ce domaine l'homme le mieux renseigné que nous ayons à Vienne. Un original, le dernier représentant de la race antédiluvienne des bouquinistes.

Nous nous rendîmes ensemble au café Gluck. Vêtu de noir, le nez armé de lunettes, le visage embroussaillé, Mendel était assis dans son coin et se balançait en lisant, comme un buisson sous le vent. Nous nous approchâmes. Il ne nous remarqua pas. Il restait assis, son buste oscillait comme une cloche. Derrière lui, son manteau noir, accroché à une patère branlante, suivait le mouvement, les poches bourrées de fiches et de revues. Mon ami se mit à tousser pour annoncer notre présence. Mais Mendel, le nez fourré dans ses bouquins, n'entendit rien. Enfin, mon ami frappa sur la table, exactement comme on heurterait une porte. Alors Mendel se redressa et releva machinalement ses grossières lunettes d'acier sur son front.

Sous des sourcils touffus et grisonnants, deux yeux étranges nous fixèrent, deux petits yeux vifs, mobiles et pointus comme une langue de serpent. Je lui fus présenté. J'expliquai le but de ma visite, non sans avoir pesté contre le bibliothécaire qui n'avait pas voulu me renseigner. Mon ami m'avait expressément recommandé cette ruse. Mendel s'appuya contre le dossier de sa chaise. Il éclata de rire et me répondit avec l'accent et dans le jargon des juifs de Galicie :

— Pas voulu ? Allons donc ! Dites plutôt qu'il n'a pas pu. C'est un âne de la belle espèce. Je le connais, parbleu, depuis plus de vingt ans. Pendant tout ce temps, il n'a rien appris. La seule chose qu'ils sachent faire, ces messieurs, c'est d'empocher leur traitement ! Ils feraient mieux de pousser une brouette que de s'occuper de livres.

Grâce à cette entrée en matière énergique nous eûmes tout de suite des relations cordiales. Il me fit gentiment signe de m'asseoir. Je pris place à sa table toute barbouillée d'inscriptions, devant cet autel mystérieux des révélations bibliographiques. Vite, je lui exprimai mes désirs : je cherchais des livres anciens sur le magnétisme, ainsi que des ouvrages récents et des pamphlets pour et contre Mesmer.

Dès que j'eus fini, Mendel cligna l'œil gauche, comme un tireur qui met en joue. Cette attitude d'attention concentrée ne dura qu'une seconde. Aussitôt, comme s'il lisait un catalogue invisible, il cita de mémoire deux ou trois douzaines d'ouvrages, le nom des auteurs, la date de l'édition, ainsi que leur prix approximatif. J'étais ébahi. Certes, on m'avait averti, mais je ne m'attendais pas à pareille chose. Ma surprise lui plut. Aussitôt, il se mit à jouer sur le clavier de sa mémoire les paraphrases les plus étonnantes du thème en question. Il me demanda si je désirais aussi être renseigné sur le somnambulisme, les débuts de l'hypnose, Gassner, l'exorcisme, la

Christian Science et Mme Blavatsky. De nouveau, les noms et les titres tombèrent de ses lèvres drus comme des grêlons. Maintenant seulement, je comprenais le phénomène unique de cette prodigieuse mémoire. Jacob Mendel était une encyclopédie parlante, un catalogue ambulant. J'admirais, tout abasourdi, cet homme extraordinaire dans son froc légèrement poisseux de petit bouquiniste galicien. Il venait de citer, en un feu roulant, environ quatre-vingts titres. Et maintenant, sans avoir l'air de rien, mais content d'avoir montré ce qu'il savait, il nettoyait tranquillement ses lunettes avec son mouchoir qui avait peut-être été blanc.

Pour lui cacher mon étonnement, je lui demandai quels étaient ceux de ces ouvrages qu'il pourrait éventuellement me procurer.

— Hum ! on verra ce qu'il y a à faire, grommela-t-il. Revenez demain : Mendel vous trouvera bien quelque chose. Et ce qui n'est pas sur place, on le dénichera ailleurs. Qui a du flair a aussi de la chance. Je le remerciai très poliment, tout en commettant une grosse maladresse : je lui proposai de prendre note des ouvrages que je désirais. Mon ami me poussa du coude. Trop tard ! Déjà Mendel m'avait lancé un regard à la fois triomphant, offensé, railleur et plein de supériorité, un regard véritablement royal. C'est sans doute ainsi que Macbeth a regardé Macduff, qui l'invitait à se rendre sans combat. Il étouffa un ricanement comme s'il avalait un gros mot dans sa gorge saillante. Il aurait eu le droit de me lancer à la tête la pire grossièreté, ce bon, ce brave Mendel. Seul un étranger, un homme qui ne le connaissait pas, pouvait lui demander de noter le titre d'un livre à la manière des apprentis libraires ou des employés de bibliothèques. Allons donc ! Ce cerveau incomparable, limpide comme un diamant, avait-il jamais eu recours à de tels moyens !

Plus tard seulement, je compris à quel point j'avais offensé ce rare génie. En effet, ce petit juif galicien, rabougri, contrefait et hirsute, possédait une mémoire véritablement titanesque. Derrière ce front moussu et sale, une main magique et invisible avait gravé, comme sur du métal, d'innombrables titres de livres. De chaque ouvrage récent ou ancien, il pouvait citer, sans hésitation, le nom de l'auteur, le lieu d'origine, le prix neuf ou d'occasion, il se rappelait avec une netteté étonnante les illustrations et les fac-similés. De tous les livres, même de ceux qu'il n'avait qu'entrevus dans une devanture, il avait une vision nette, comme celle de l'artiste qui contemple en son esprit l'œuvre qu'il va créer. Quand, par exemple, un ouvrage était offert pour six marks dans le catalogue d'un marchand de Ratisbonne, il se rappelait aussitôt qu'un autre exemplaire de ce même ouvrage avait été vendu aux enchères à Vienne, deux ans auparavant, pour quatre couronnes, et il savait le nom de l'acheteur. En vérité, Jacob Mendel n'oubliait jamais un titre ou une date. Il connaissait chaque étoile, chaque plante, chaque infusoire, dans l'univers toujours mouvant et changeant de la bibliographie. Il en savait plus long que tous les spécialistes. Il connaissait mieux les bibliothèques que ceux qui les dirigeaient, les stocks des grands marchands que leurs propriétaires munis de répertoires et de fichiers. Et pourtant, il ne disposait de rien d'autre que la magie incomparable du souvenir. Sa mémoire prodigieuse n'avait pu se former et s'affermir que grâce au secret éternel de toute perfection : la concentration.

Mais, en dehors des livres, cet homme étrange ignorait tout du monde. Toutes les manifestations de la vie ne devenaient concrètes pour lui qu'à partir du moment où elles se muaient en caractères imprimés, s'assemblaient et se conservaient sur les feuillets d'un livre. Ces livres eux-mêmes, il n'en saisissait pas le contenu. Seuls le titre, le nom de l'auteur, celui de l'éditeur, le prix, l'attiraient irrésistiblement. La mémoire spécialisée de Jacob Mendel était parfaitement improductive, elle n'était qu'une liste interminable de titres et de noms, imprimée dans la substance molle de son cerveau au lieu de l'être sur les pages d'un catalogue. Mais, dans sa perfection unique, elle égalait celle de Napoléon pour les physionomies, de Mezzofanti pour les langues, de Lasker pour le jeu des échecs, de Busoni pour la musique. Placé dans un de ces trésors publics appelés bibliothèques, son cerveau aurait renseigné et étonné des milliers d'étudiants et de savants et eût rendu des services inappréciables à la science. Mais ce monde supérieur était inaccessible à un pauvre bouquiniste inculte, qui avait tout au plus étudié le Talmud. Ainsi ces dons fantastiques ne se révélaient qu'en secret devant la table cabalistique du café Gluck. Si un jour un grand psychologue essaie de distinguer et de classer les différentes formes, espèces et nuances de la mémoire — comme Buffon le fit pour les animaux — il faudra qu'il pense à Jacob

Mendel, ce maître génial et inconnu de la bibliographie.

Officiellement et aux yeux de ceux qui n'étaient pas des initiés, Jacob Mendel n'était qu'un petit marchand de bouquins. Chaque dimanche, dans la *Nouvelle Presse Libre* et dans la *Gazette de Vienne* paraissait cette annonce stéréotypée : « J'achète à domicile de vieux livres aux prix les plus avantageux, Mendel, Alserstrasse. » Le numéro de téléphone qui complétait cette annonce était celui du café Gluck. Mendel fouillait dans tous les stocks de livres. Chaque semaine, aidé d'un portefaix à la barbe impériale, il emmagasinait son butin. Puis, il s'en débarrassait au plus vite, car il n'avait pas de patente. C'est pourquoi il était condamné à rester un pauvre bouquiniste. Les étudiants lui vendaient leurs vieux manuels. Par son entremise, ces livres passaient dans les mains de plus jeunes élèves. Mendel se chargeait en outre de leur procurer d'occasion n'importe quel ouvrage, moyennant une modique commission. Auprès de lui on pouvait se renseigner à bon compte. L'argent ne jouait aucun rôle dans sa vie. Il portait toujours les mêmes habits râpés. Le matin, l'après-midi et le soir, il buvait une tasse de lait et mangeait deux petits pains. A midi on lui apportait du restaurant d'en face une légère collation. Il ne fumait pas, ne jouait pas. On peut même dire qu'il ne vivait pas. Seuls ses yeux vivaient derrière leurs verres ovales et nourrissaient continuellement de mots, de titres et de noms sa mystérieuse et fertile substance cérébrale. Celle-ci absorbait avidement cette abondante nourriture, comme une prairie aspire des millions de gouttes de pluie. Les hommes ne l'intéressaient pas. De toutes les passions humaines, la seule qui lui fût connue, — la plus humaine il est vrai — était la vanité. Quand quelqu'un venait lui demander un renseignement vainement cherché ailleurs et que du premier coup il pouvait le lui donner, cela lui procurait une profonde satisfaction. Peut-être était-il fier du fait que, à Vienne et ailleurs, quelques douzaines d'hommes distingués estimaient son savoir et y faisaient appel. C'était avec une entière confiance qu'ils se rendaient au café Gluck chaque fois qu'ils avaient un problème particulièrement difficile à résoudre. Jeune et curieux, c'était alors pour moi une véritable volupté que d'assister à ces consultations.

Quand on présentait à Mendel un livre de médiocre importance, il le fermait avec bruit en grommelant : « Ça vaut deux couronnes. » En revanche, devant un exemplaire unique ou rare, il reculait respectueusement et le posait avec précaution sur une feuille blanche. Il avait visiblement honte de ses doigts sales, tachés d'encre. Puis, il feuilletait le précieux volume, page par page, avec une véritable dévotion. Personne n'aurait pu le déranger en cet instant, pas plus qu'on ne dérange un croyant plongé dans la prière. Cette manière de contempler, de toucher, de sentir et de soupeser l'objet ressemblait en quelque sorte aux rites sacrés d'une cérémonie religieuse. Son dos voûté se dandinait, tandis qu'un grognement sourd se faisait entendre et que ses mains frôlaient ses cheveux touffus. Il poussait d'étranges exclamations, tantôt un ah ! prolongé, qui trahissait une admiration passionnée, tantôt un ouf ! effrayé, quand une page manquait ou était rongée par les vers. Finalement, il soulevait avec vénération le vieux bouquin. Les yeux mi-clos, il en reniflait la senteur, heureux comme une jeune fille sentimentale admirant une rose. Pendant cette procédure un peu lente et compliquée, le propriétaire du livre devait évidemment prendre patience. Mais après cet examen approfondi, Mendel donnait tous les renseignements avec la meilleure grâce, voire avec enthousiasme ; il ne manquait pas d'y joindre de piquantes anecdotes et des indications utiles sur le prix de vente d'exemplaires analogues. A ces moments-là, il semblait rajeuni, ragaillardi. Une seule chose pouvait le mettre dans tous ses états : le bon mouvement de quelque novice voulant lui offrir une récompense pour son expertise. Il reculait alors, froissé, comme un conservateur de musée à qui un Américain offrirait un pourboire. Feuilleter un ouvrage rare procurait à Mendel une jouissance délicieuse, comparable à celle qu'éprouve l'amant qui caresse sa maîtresse. Ces instants étaient ses nuits d'amour platonique. Seuls les livres avaient un empire sur lui, jamais l'argent. En vain, de grands collectionneurs, et parmi eux le fondateur de l'Université de Princeton, essayèrent-ils de se l'adjoindre comme conseiller ou acquéreur, Jacob Mendel refusa toujours. Il ne se voyait nulle part ailleurs qu'au café Gluck. Petit, chétif, un léger duvet au menton, les cheveux en tire-bouchon, il avait quitté sa province voici trente-trois ans pour venir étudier à Vienne en vue de devenir rabbin. Mais, bien vite, il s'était détourné de Jéhovah pour se vouer au polythéisme séduisant des livres. Il s'installa alors au café Gluck qui devint, petit à petit, son bureau, son quartier général, le centre de son univers. Comme l'astronome observe, par le minuscule orifice du télescope, des myriades d'étoiles, étudie leur cours, leurs positions respectives, leur éclat tantôt croissant, tantôt pâlissant, ainsi Jacob Mendel, assis à sa table carrée contemplait, à l'aide de ses lunettes, un autre univers mouvant et changeant, un monde supérieur à celui des réalités, le monde des livres.

Il va de soi que Mendel jouissait d'une grande estime au café Gluck. Ce local devait sa réputation beaucoup plus à la chaire invisible du petit bouquiniste qu'au fait de porter le nom du génial compositeur Christophe Willibald Gluck, créateur d'*Alceste* et d'*Iphigénie*. Mendel faisait partie de l'inventaire au même titre que le vieux comptoir en merisier, les deux billards rapiécés et la cafetière en cuivre. Sa table était surveillée comme un sanctuaire. Ses nombreux visiteurs étaient chaque fois aimablement invités à prendre une consommation, de sorte que le véritable bénéfice de son travail passait dans le gousset en cuir du sommelier Deubler. En échange, Mendel jouissait de certains privilèges. Il disposait gratuitement du téléphone, on lui remettait son courrier et on se chargeait de faire ses commissions. La brave vieille des lavabos brossait son manteau, recousait ses boutons et portait chaque semaine son linge à la blanchisseuse. Il était le seul à avoir le droit de faire venir son repas du restaurant voisin. Et, chaque semaine, Standhartner, le propriétaire, venait en personne, à sa table, lui souhaiter le bonjour. Il est vrai que Mendel, plongé dans ses lectures, ne répondait que rarement.

A huit heures et demie précises, il entrait au café et ne le quittait, que le soir, quand on éteignait les lumières. Jamais, il ne parlait aux clients. Il ne lisait aucun journal et ne remarquait aucune transformation autour de lui. Un jour, M. Standhartner lui demanda gentiment s'il ne lisait pas mieux maintenant que des ampoules électriques avaient remplacé les becs Auer aux lueurs vacillantes. Il leva la tête tout surpris. Malgré le vacarme et le remue-ménage d'une installation qui avait duré plusieurs jours, il ne s'était aperçu de rien. Les deux lentilles luisantes de ses lunettes aspiraient dans son cerveau les caractères d'imprimerie comme des milliards d'infusoires. Tout le reste du monde ne le touchait en aucune façon. C'est ainsi qu'il avait passé plus de trente ans, à cette table, lisant, comparant, combinant sans trêve, loin du monde comme dans un rêve interminable.

C'est pourquoi, je sentis un frisson parcourir mon corps quand je vis luire, dans la pénombre, la table en marbre de Jacob Mendel, nue comme une pierre tombale. Maintenant seulement, étant plus âgé, je compris ce que signifiait la disparition d'un tel homme. D'abord parce que les phénomènes de ce genre se font de jour en jour plus rares dans notre monde de plus en plus standardisé. Et ensuite, parce que, tout jeune homme, je m'étais inconsciemment pris d'affection pour cet original.

En lui, j'avais pressenti un grand mystère : toutes nos créations originales et puissantes sont le fruit d'une concentration, d'une monomanie sublime, proche de la folie. Mieux que nos poètes contemporains, ce petit bouquiniste inconnu m'avait prouvé, par son exemple, qu'une pure vie spirituelle, le culte d'une seule idée, une contemplation aussi profonde que celle d'un jogui hindou ou d'un moine du Moyen Age, pouvaient encore se réaliser de nos jours, même à côté d'une cabine téléphonique et sous les lustres éblouissants d'un café.

Comment avais-je pu oublier Jacob Mendel? Il est vrai que la guerre était venue et que je m'étais consacré à mes propres œuvres avec une ardeur semblable à la sienne. Maintenant j'éprouvais, en songeant à lui, une sorte de gêne doublée d'une vive curiosité.

Qu'était-il devenu? Où pouvait-il se trouver? J'appelai le garçon et l'interrogeai. Il m'exprima ses regrets, affirmant qu'il ne connaissait pas Mendel, qu'aucune personne de ce nom ne fréquentait le café. Après quelque réflexion, il me demanda si je ne voulais pas parler, par hasard, de M. Mande qui tenait une mercerie dans la rue Saint-Florian. Je serrai les lèvres avec amertume en pensant à la vanité des choses humaines. A quoi bon vivre, si le vent emporte derrière nos talons la dernière trace de notre passage? Pendant plus de trente ans un homme avait respiré, lu, pensé, parlé dans ces quelques mètres carrés, puis un nouveau pharaon était venu, et il avait suffi de trois ou quatre ans pour qu'on ne se souvînt plus de Joseph. On ignorait au café Gluck jusqu'au nom de Jacob Mendel ! Presque en colère, je demandai au garçon si je pouvais parler à M. Standhartner, ou s'il y avait encore quelqu'un de l'ancien personnel dans la maison. M. Standhartner avait vendu le café depuis longtemps, et il était mort. Quant à l'ancien gérant, il s'était retiré dans une petite propriété près de Krems. Il n'y avait plus personne à qui je pusse m'adresser ! Pourtant si... Mme Sporschil était encore là, la femme des lavabos... vulgairement surnommée Mme Chocolat. Mais elle ne se souvenait certainement pas de tous les anciens clients.

Je me dis aussitôt qu'on n'oublie pas un Jacob Mendel, et je la fis venir.

Les cheveux blancs ébouriffés, les mains rouges et humides, Mme Sporschil sortit péniblement de son appartement souterrain. Sans doute venait-elle de frotter les dalles ou de nettoyer les fenêtres. Elle se sentait toute dépaysée sous les ampoules éblouissantes du café. Les gens du peuple à Vienne pensent tout de suite à la police secrète, dès qu'on les appelle pour les interroger. Aussi me regarda-t-elle d'abord avec méfiance, d'un œil prudent et sournois. Elle ne s'attendait à rien de bon. Mais à peine m'étais-je informé de Jacob Mendel, qu'elle se redressa et me jeta un regard illuminé par les souvenirs que ce nom évoquait.

Mon Dieu ! le pauvre M. Mendel ! Dire que quelqu'un pense encore à lui ! Elle pleurait presque d'émotion, à la manière des vieilles personnes qui se rappellent leur jeunesse.

Je lui demandai s'il était encore en vie.

— Mon Dieu, le pauvre Monsieur Mendel ! Il est mort depuis cinq, six ou sept ans ! Une si bonne pâte ! Quand je pense que je l'ai connu pendant si longtemps — plus de vingt-cinq ans — il était déjà là quand je suis entrée dans la maison.

Elle s'animait toujours plus et me demanda si j'étais un de ses parents. Personne ne s'était jamais enquis de lui. « Savez-vous comment il est mort ? » me dit-elle.

— Non, je ne sais rien, lui assurai-je en la priant de tout me raconter.

La bonne femme, timide et gênée, frottait ses mains humides contre son tablier sale. Je compris qu'elle ne se sentait pas à l'aise dans le café. Elle se retournait de temps en temps pour voir si l'un des garçons ne l'écoutait pas.

Je lui proposai d'aller avec elle dans la salle de jeux, à la place qu'occupait autrefois Mendel. Elle accepta, reconnaissante, et me précéda d'un pas déjà un peu chancelant. Les deux garçons surpris nous suivirent du regard, quelques habitués s'étonnèrent aussi à la vue d'un couple si mal assorti.

Et lorsque nous fûmes assis à la table, elle me raconta la triste fin de Jacob Mendel, le bouquiniste (plus tard d'autres renseignements vinrent compléter son récit) :

Au début de la guerre, me dit-elle, il venait encore tous les jours, à huit heures et demie du matin, il prenait place à cette table comme d'habitude et se plongeait dans ses études pendant toute la journée. On avait le sentiment qu'il ne se rendait pas compte de ce qui se passait. Jamais il ne consultait un journal, et il ne parlait à personne. Même quand les camelots vendaient à grands cris les éditions spéciales des journaux, il n'y faisait pas attention. Il n'avait pas remarqué la disparition de Franz, le marqueur, qui était tombé près de Gorlice, il ne savait pas que le fils de Standhartner était prisonnier à Przemysl. Jamais il ne fit la moindre réclamation quand le pain fut devenu de plus en plus mauvais et qu'on lui servait un affreux breuvage de figues en guise de café au lait. Une seule fois, il avait exprimé son étonnement de voir venir si peu d'étudiants; c'était tout. Mon Dieu! le pauvre homme, il ne s'intéressait rien qu'à ses livres.

Mais voilà qu'un jour le malheur survint. A onze heures du matin un gendarme et un agent de la Secrète entrèrent et demandèrent si un certain Jacob Mendel fréquentait le café. On les conduisit à la table du bouquiniste. Celui-ci croyait naïvement qu'on voulait lui vendre des livres ou lui demander un renseignement. Mais il fut aussitôt sommé de se lever et de les suivre.

Ce fut une honte pour le café : tous les habitués faisaient cercle autour du pauvre Mendel. Il avait relevé ses lunettes sur le front et regardait le gendarme d'un air ahuri, sans savoir ce qu'on lui voulait. Quant à elle, elle avait dit au gendarme qu'il se trompait certainement, qu'un brave homme comme Mendel, ne pouvait avoir fait de mal, même à une mouche. Mais l'agent de la Secrète lui cria qu'elle n'avait pas à se mêler de cela. Puis, ils l'emmenèrent. On ne le revit plus pendant environ deux ans. Encore à l'heure qu'il était, elle ne savait pas, au fond, ce qu'on avait eu à lui reprocher.

— Mais je le jure, dit la bonne vieille, monsieur Mendel n'a rien fait de mal. Les agents se sont trompés, j'en mettrais la main au feu. Ils ont commis un crime en arrêtant un innocent !

Elle avait raison, la brave femme Sporschil. Jacob Mendel, dans sa candeur, n'avait commis aucun crime, mais seulement une bêtise inconcevable à cette époque bouleversée, une bêtise qui ne s'expliquait que par sa complète ignorance de tout ce qui se passait autour de lui. Voici ce qui lui était arrivé :

Au bureau de la censure, chargé de surveiller la correspondance avec les pays neutres, on saisit un jour une carte postale écrite et signée par un certain Jacob Mendel. Chose incroyable, elle était adressée, en pays ennemi, au libraire Jean Labourdaire, quai de Grenelle à Paris. L'expéditeur s'y plaignait de ne pas avoir reçu les huit derniers numéros du *Bulletin bibliographique de France,* bien qu'il eût payé l'abonnement d'avance pour une année. L'employé de la censure, un professeur de lycée, dont la spécialité était les études romanes, n'en crut pas ses yeux en parcourant ce document. C'est une bonne plaisanterie, se dit-il. Toutes les semaines, il lisait environ deux mille lettres pour y dépister quelque communication louche ou quelque trace d'espionnage ; mais jamais un fait aussi absurde ne s'était présenté : une personne envoyait tout bonnement un mot d'Autriche en France, jetait tranquillement dans la boîte aux lettres une carte postale à destination d'un pays ennemi, comme si les frontières n'étaient pas toutes cousues de fils de fer barbelés et que, chaque jour, la France, l'Allemagne, l'Autriche et la Russie ne se supprimaient pas mutuellement quelques milliers d'hommes ! Il mit d'abord cette carte dans un tiroir, comme une curiosité, sans en faire aucune mention. Mais, quelques semaines plus tard, une nouvelle carte arriva, adressée cette fois à l'antiquaire John Aldrige, Londres, Holborn Square. Le même étrange individu du nom de Jacob Mendel l'avait signée en toutes lettres et demandait qu'on lui envoyât les derniers numéros de l'*Antiquarian.* Le professeur commençait à se sentir à l'étroit dans son uniforme : y aurait-il là par hasard quelque sens caché ? Il se leva, prit la position militaire devant son major et mit les deux cartes devant lui sur la table. Celui-ci eut un geste étonné et murmura : curieux, très curieux ! Il ordonna d'abord à la police de faire des recherches pour établir si le dénommé Jacob Mendel existait réellement. Une heure après, Mendel était arrêté et amené titubant de surprise devant le major. L'officier lui montra les mystérieuses cartes et lui demanda s'il reconnaissait les avoir écrites. Irrité par ce ton sévère, et fâché d'avoir été dérangé pendant qu'il lisait un important catalogue, Mendel répondit sur un ton presque grossier :

— Naturellement, on a bien le droit de réclamer un abonnement qu'on a payé.

Le major se tourna vers l'officier assis à la table voisine. Ils échangèrent un regard qui voulait dire : cet individu est piqué. Le major se demanda un instant s'il allait tout simplement admonester et renvoyer ce pauvre type ou s'il devait le prendre au sérieux. Quand un fonctionnaire ne sait quelle décision prendre, il dresse d'abord un procès-verbal. Un rapport est toujours une bonne chose. S'il ne sert à rien, il ne cause en tout cas aucun tort ; c'est un chiffon de papier à ajouter à d'autres.

Cependant, en l'occurrence, cela causa du tort à un pauvre diable. On lui demanda d'abord son nom : Jacob, plus exactement Jainkeff Mendel ; sa profession : camelot. (Il ne possédait pas de patente de libraire, mais seulement un permis de colportage.) La troisième question amena la catastrophe :

— Votre lieu de naissance ?

Jacob Mendel indiqua une petite localité près de Petrikau. Le major fronça le sourcil. N'était-ce pas en Pologne russe, tout près de la frontière ? Il y avait là quelque chose de louche ! Aussi, l'interrogatoire se fit-il dès lors plus serré :

— Quand avez-vous obtenu votre permis de séjour en Autriche ?

Mendel le regardait étonné, n'ayant pas l'air de comprendre.

— Où diable sont vos papiers, votre acte de naissance ?

Il ne possédait rien que son permis de colporteur.

La mine du major se fit de plus en plus sévère :

— Veuillez enfin nous dire de quelle nationalité vous êtes. Votre père était-il Autrichien ou Russe ?

Mendel répondit avec la plus grande sérénité :

— Russe, bien entendu.

— Et vous-même ?

— Moi, j'ai passé la frontière il y a trente-trois ans pour me soustraire au service militaire. Depuis lors, je vis à Vienne.

Intrigué, le major redemanda :

— Quand avez-vous obtenu votre permis de séjour ?

— Je ne me suis jamais occupé de ces choses, répondit Mendel.

— Alors, vous êtes encore ressortissant russe ? Mendel, que ce fastidieux interrogatoire ennuyait, répondit avec indifférence :

— Oui, je pense.

Le major se renversa si brusquement dans son fauteuil que celui-ci en craqua. Comment une telle chose était-elle possible ? En 1915, après Tarnow, après la grande offensive, un Russe se promenait à Vienne, dans la capitale de l'Autriche, de plus il écrivait des lettres en France et en Angleterre, et la police ne s'occupait pas de lui ! Et notre état-major est surpris que chaque mouvement de troupe soit aussitôt annoncé aux Russes par des espions !

L'officier se leva et se postant devant la table :

— Pourquoi ne vous êtes-vous pas tout de suite déclaré comme étranger ?

Mendel qui ne se doutait toujours de rien, répondit dans un jargon juif :

— Pourquoi me serais-je déclaré ?

Cette naïve question piqua le major au vif.

Il lui demanda d'une voix menaçante s'il n'avait pas lu les avis officiels, s'il ne parcourait pas les journaux.

— Non.

Les deux fonctionnaires restèrent un instant interdits, comme devant un phénomène extraordinaire. Mendel perdait petit à petit contenance. Des gouttes de sueur perlaient sur son front...

Le téléphone sonna, les machines à écrire cliquetèrent, des plantons accoururent.

Il fut décidé que Jacob Mendel serait conduit à la prison de la garnison pour être transféré, par le prochain convoi, dans un camp de concentration. Quand on lui ordonna de suivre les deux soldats venus le chercher, il eut l'air méfiant. Il ne savait pas au juste ce qu'on lui voulait. Quelles étaient les intentions de cet homme galonné, à la voix si dure ? Dans le monde des livres où Mendel vivait, il n'y avait pas de malentendu, pas de guerre, mais un seul désir, celui de connaître, de savoir toujours plus de mots, de dates, de titres et de noms. Il descendit l'escalier tout tranquillement, flanqué de deux soldats. Au poste de police on sortit tous les livres de ses poches, on confisqua son calepin qui contenait des centaines de fiches et d'adresses. Alors, il se débattit furieusement. Il fallut le maîtriser. Ses lunettes, ce télescope magique qui le reliait au monde intellectuel, tombèrent et volèrent en éclats. Deux jours plus tard, on l'expédia, vêtu de son léger manteau d'été, au camp des prisonniers civils russes près de Komorn.

Nous ne sommes pas renseignés sur les souffrances morales que Mendel supporta dans ce camp pendant deux ans. Arraché au monde des livres, entouré d'une foule indifférente d'analphabètes, il était comme un aigle à qui on aurait coupé les ailes. De tous les actes criminels de la grande guerre, aucun n'a été plus insensé, plus inutile et partant plus immoral que le fait de réunir et d'entasser, derrière des fils de fer barbelés, des civils étrangers ayant dépassé depuis longtemps l'âge valide, et qui, confiants en l'hospitalité, sacrée même chez les Toungouses et les Araucans, avaient négligé de fuir à temps. Ce crime de lèse-civilisation a été commis, hélas, de la même façon, en France, en Allemagne, en Angleterre, sur chaque coin de terre de notre pauvre Europe affolée.

Comme beaucoup d'autres innocents dans ce parc humain, Jacob Mendel serait sans doute devenu la proie de la folie, ou aurait péri misérablement, emporté par la dysenterie, l'épuisement ou le désespoir, si un hasard ne l'avait inopinément rendu à son milieu naturel.

Plusieurs fois depuis sa disparition, des lettres de hauts personnages étaient arrivées à son adresse. Le comte Schoenberg, ancien gouverneur de Styrie, collectionneur acharné d'ouvrages héraldiques ; l'ancien doyen de la Faculté de théologie, Mgr Sirgenfeld, qui travaillait à un commentaire de saint Augustin ; le chevalier de Pisek, amiral en retraite, âgé de quatre-vingts ans, avait écrit maintes fois à Jacob Mendel au café Gluck. Quelques-unes de ces lettres lui avaient été réexpédiées au camp de concentration. Là, elles tombèrent sous les yeux d'un capitaine animé de bons sentiments, qui fut étonné des hautes relations qu'avait ce petit juif sale et à moitié aveugle, accroupi dans un coin, muet et gris comme une taupe. L'homme qui était en rapport avec de telles personnalités ne devait pas être le premier venu. Le commandant permit donc à Mendel de répondre à ces lettres et de demander à ses protecteurs d'intercéder en sa faveur. Ceux-ci, avec la solidarité passionnée de tous les collectionneurs, ne tardèrent pas à tout mettre en branle pour le délivrer. Grâce à eux, après une captivité de deux ans, Mendel put retourner à Vienne en 1917, à la condition de se présenter chaque jour à la police. Quoi qu'il en fût, il pouvait de nouveau se mouvoir librement, habiter sa petite mansarde, passer devant les étalages de livres et s'installer au café Gluck.

Mme Sporschil avait assisté au retour de Mendel. Elle put me le raconter fidèlement d'après ses souvenirs :

— Un jour, Jésus-Marie ! je n'en crus pas mes yeux, la porte s'ouvrit, vous savez bien comment : tout juste pour le laisser passer. Et le voilà qui entre à pas de loup, le pauvre Mendel. Il porte un vieux manteau militaire tout râpé, et sur la tête quelque chose qui ressemble vaguement à un chapeau. Pas de col ni de cravate et une mine de déterré, les cheveux tout blancs, le corps décharné. C'était pitié de le voir. Il entre comme si rien ne s'était passé, ne dit rien, ne demande rien, prend place à sa table après avoir ôté son manteau. Tout cela, il ne le fait plus avec facilité, mais à grand peine, tout essoufflé. Il n'a pas, comme autrefois, les poches bourrées de livres ; il s'assied et fixe la table de ses yeux vides et cernés. Petit à petit, seulement, quand nous lui avons apporté toute une liasse de papiers venus d'Allemagne, il s'est remis à lire. Mais il n'était plus le même.

Non, il n'était plus le même. Il avait cessé d'être un magicien miraculeux, un répertoire infaillible. Tous ceux qui le virent à cette époque l'ont constaté. Quelque chose semblait détraqué dans son regard autrefois si calme et si sûr. L'horrible comète sanglante avait sans doute buté, dans sa course vertigineuse, contre l'astre paisible et solitaire de son univers livresque. Ses yeux habitués depuis des années aux pattes de mouches minuscules de caractères d'imprimerie avaient vu des choses terrifiantes dans l'enfer entouré de fils de fer barbelés. Les paupières pesaient lourdement sur ses pupilles jadis si mobiles et ironiques ; les yeux autrefois si vifs sommeillaient, cernés de rouge, derrière des lunettes rafistolées avec du fil. Chose plus affreuse encore, dans l'édifice fantastique de sa mémoire un pilier avait cédé et tout s'était écroulé. Notre cerveau est si sensible, cet appareil de précision est fait d'une substance si délicate, qu'une minuscule veine bouchée, un nerf ébranlé, une cellule surmenée suffisent à réduire au silence l'esprit le plus harmonieusement constitué. Dans la mémoire de Mendel, les touches de ce clavier sans pareil de l'esprit ne fonctionnaient plus. Quand, de temps en temps, une personne venait lui demander conseil, il la fixait d'un air égaré ; il ne saisissait plus très bien et oubliait rapidement ce qu'on lui disait.

Mendel n'était plus Mendel, comme le monde n'était plus le monde. Quand il lisait, il ne se berçait plus dans une contemplation béate. Il restait assis immobile, ses lunettes braquées machinalement sur son livre. On ne savait au juste s'il lisait ou rêvait. Souvent, sa tête s'inclinait lourdement sur le livre, il s'endormait en plein jour. Parfois, il fixait pendant des heures le bec fumant de la lampe à acétylène qu'on avait mise sur sa table, à cette époque où l'on manquait de tout. Non, Mendel n'était plus Mendel. Il n'était plus un être miraculeux, mais une misérable loque humaine affalée sur son siège. Il ne faisait plus la gloire du café Gluck. Il n'était plus qu'un importun, un parasite crasseux et dégoûtant.

C'était du moins l'opinion du nouveau propriétaire, M. Gurtner, qui ne pouvait surtout pas admettre qu'on occupât une table du matin au soir en ne consommant que deux bols de lait et quatre petits pains. Il avait donc hâte de se débarrasser du vieux juif galicien. L'occasion ne tarda pas à se présenter. Jacob Mendel était dans une très mauvaise situation, ses dernières économies avaient disparu avec la mise en marche de la rotative à billets ; ses clients s'étaient dispersés. Il n'avait plus assez de forces pour monter les étages et acheter des livres de porte en porte. Il était à bout de ressources. Cela se remarquait à toutes sortes d'indices. Rarement il se faisait servir un repas et, une fois, il était même resté trois semaines sans payer son lait et son pain. Le gérant avait voulu le mettre à la porte, mais la brave Mme Sporschil s'était interposée et avait répondu pour lui. Plusieurs fois déjà, le garçon avait remarqué que ses comptes n'étaient pas justes. Des petits pains avaient disparu qui n'avaient pas été payés. Il porta ses soupçons sur Mendel. Il le guetta, et bientôt il le prit sur le fait. Caché derrière le calorifère, il vit Mendel se lever, aller dans la salle voisine et s'emparer de deux petits pains, qu'il avala gloutonnement. Quand on voulut les lui faire payer, le malheureux prétendit qu'il n'avait rien mangé. Le mystère était maintenant éclairci. Le garçon rapporta le fait à M. Gurtner. Celui-ci, ravi de cette découverte, injuria Mendel devant tout le monde, le traita de voleur et fit mine d'appeler la police. Puis, il lui intima l'ordre de déguerpir tout de suite et pour toujours. Jacob Mendel, tout tremblant, ne répondit rien, se leva et partit.

— C'était pitié de le voir, me dit Mme Sporschil. Jamais je n'oublierai cette scène. Les lunettes sur le front, il se leva, pâle comme un linge. Il ne prit même pas le temps de mettre son manteau, et nous étions en plein mois de janvier. Il oublia son livre sur la table ; je m'en aperçus après coup et je voulus courir derrière lui pour le lui donner ; mais il était déjà dehors et je n'osai le suivre sur le trottoir, car monsieur Gurtner l'injuriait et les gens s'attroupaient. C'était honteux ! Jamais, du temps de monsieur Standhartner, on n'aurait chassé quelqu'un pour avoir dérobé un petit pain. Mendel aurait pu en manger jusqu'à la fin de ses jours. Mais voilà, les gens n'ont plus de cœur aujourd'hui. Chasser un client qui est venu fidèlement ici pendant plus de trente ans ! C'est une honte ! Je ne voudrais pas avoir à en répondre devant le Bon Dieu.

Elle était toute agitée, la brave Mme Sporschil, et ne cessait de répéter à la façon des vieilles gens : « Non, pour sûr, monsieur Standhartner n'eût pas agi ainsi. » Je finis par lui demander si elle avait ensuite revu Mendel et ce qu'il était devenu. Alors, essayant de maîtriser son émotion, elle me dit :

— Chaque jour, quand je passais près de sa table, vous pouvez me croire, ça me fendait le cœur. Je me demandais toujours où il était, le pauvre monsieur Mendel. Si j'avais connu son domicile, je lui aurais apporté quelque chose. Car il n'avait certainement pas de quoi se chauffer et se nourrir. Finalement, comme j'étais toujours sans nouvelles, j'ai pensé que je ne le reverrais jamais plus, qu'il était mort. Déjà, je me demandais si je ne devais pas faire dire une messe pour lui. Il était si bon, et nous nous étions connus pendant si longtemps.

« Mais un matin, de bonne heure, à huit heures et demie, au mois de février, — j'étais en train de faire briller la poignée des fenêtres — v'là-t-il pas que la porte s'ouvre et que Mendel entre ! Je n'en croyais pas mes yeux. Vous savez bien, il entrait toujours d'un pas furtif, l'air embarrassé. Mais cette fois, ce fut autre chose.

« Tout de suite, je devine qu'il est conduit par une idée fixe. Ses yeux brillent. Mon Dieu, quel air misérable ! Plus que la peau et les os ! Tout de suite, ça me paraît étrange. Puis je comprends : le pauvre homme ne se rend plus compte de rien, il se promène en plein jour comme un somnambule, il a tout oublié, il ne se souvient pas qu'on l'a mis à la porte. Heureusement, le patron était absent et le garçon en train de déjeuner. J'accours ; je lui explique qu'il ne doit pas rester là, sans quoi, le grossier personnage va le jeter à la porte. » A ces mots, Mme Sporschil se retourna anxieusement et se reprit : « Je veux dire monsieur Gurtner. »

Puis elle continua :

« J'appelle Mendel par son nom. Il lève les yeux vers moi. Alors, mon Dieu, à cet instant, chose horrible, tout lui revient à l'esprit. Il sursaute et commence à trembler de tout son corps. Puis il gagne la porte en titubant et là il tombe sans connaissance. On téléphone aux Samaritains qui accourent et l'emportent. Le soir même, il mourait d'une fluxion de poitrine. Le docteur nous dit que le pauvre homme ne savait plus très bien ce qu'il faisait en revenant au café. Quelque chose l'avait poussé comme un possédé. Ma foi, quand on a été assis trente-six ans à la même table, on y revient comme une brebis au bercail. »

Nous avons encore longuement parlé de lui, nous, les deux derniers qui avions connu cet homme extraordinaire : moi, à qui il avait révélé, malgré la médiocrité de son existence, la plénitude d'une vie spirituelle ; elle, la pauvre femme qui lui avait brossé son manteau et cousu ses boutons pendant vingt-cinq ans. Nous nous comprenions fort bien devant sa table abandonnée, en communion avec son ombre que nous évoquions ensemble. Car le souvenir unit toujours, surtout le souvenir affectueux. Tout à coup, tandis qu'elle parlait, il lui vint une idée !

— Jésus, Marie, que je suis oublieuse ! j'ai encore le livre, celui qu'il a laissé sur la table. Comment le lui aurais-je rendu ? Plus tard, comme personne ne le réclamait, j'ai pensé que je pouvais le garder comme souvenir. Je n'ai pas mal agi, n'est-ce pas ?

Vite, elle alla le chercher dans son réduit.

Le destin, toujours entreprenant, et parfois ironique, mêle souvent malicieusement le comique aux événements les plus poignants. Mme Sporschil m'apporta le second volume de la *Bibliotheca*

Germanorum erotica et curiosa de Hayn, ce manuel de la littérature galante bien connu de tous les bibliophiles. Le sort avait voulu que ce recueil scabreux — *habent sua fata libelli* — tombât entre ces mains ridées et innocentes qui n'avaient jamais feuilleté que des livres de prière. Je serrai les lèvres pour réprimer un sourire. La vieille femme, troublée, me demanda si c'était un ouvrage précieux et si elle pouvait le conserver.

Je lui serrai affectueusement la main.

— Gardez-le toujours ! Votre vieil ami Mendel sera heureux qu'une des nombreuses personnes à qui il a procuré des livres se souvienne de lui.

Puis, je partis, admirant la pauvre vieille qui était restée fidèle à ce mort, si simplement, si humainement. Dans sa candeur, elle avait conservé avec pitié un livre pour mieux se souvenir de lui. Et moi, j'avais oublié Mendel pendant des années. Pourtant, je sais que les livres sont faits pour unir les hommes par-delà la mort et nous défendre contre l'ennemi le plus implacable de toute vie, l'oubli.

Traduit par MANFRED SCHENKER.

LA COLLECTION INVISIBLE

A la seconde station après Dresde, un homme d'un certain âge entra dans mon compartiment. Il me salua poliment. Puis il s'assit, leva les yeux vers moi et me fit un signe de la tête comme à une vieille connaissance. Il me rappela son nom avec un sourire enjoué. Je me souvins aussitôt que c'était un des antiquaires les plus connus de Berlin. En temps de paix, j'avais acheté chez lui des livres et des autographes. Nous échangeâmes d'abord quelques paroles banales. Soudain, il me dit :

— Il faut que je vous apprenne d'où je viens. L'incident que je vais vous raconter est vraiment la chose la plus extraordinaire qui me soit arrivée pendant une activité de plus de trente-sept années.

Vous savez sans doute vous-même comment se vendent aujourd'hui les objets d'art, depuis que l'argent a perdu toute valeur. Les nouveaux riches se sont découvert tout à coup un faible pour les madones, les incunables et les vieilles estampes. Ils nous en demandent plus que nous ne pouvons leur en procurer. Nous devons même être sur nos gardes afin de les empêcher de dévaliser notre logis. Si nous les laissions faire, ils nous enlèveraient les boutons de nos manchettes et la lampe de notre secrétaire. Aussi est-ce une vraie misère que de leur livrer toujours de nouvelles marchandises. Excusez-moi d'employer ce terme de « marchandise » pour des objets que nous vénérons. Mais ces gens nous ont habitués à considérer un magnifique incunable comme l'équivalent de tant et tant de dollars, et un dessin de Guercino comme la somme de quelques billets de banque. Inutile de vouloir résister à l'importunité de ces acheteurs enragés.

Complètement dévalisé par eux, il ne me restait plus qu'à baisser les rideaux de ma devanture. J'avais honte de ne voir traîner dans nos magasins, dont la réputation date déjà de l'époque de mon grand-père, que quelques rossignols, qu'aucun camelot n'aurait osé exhiber sur sa voiture.

Dans cet embarras, j'eus l'idée de parcourir la liste de nos anciens clients, pour tâcher d'en découvrir un auquel je pourrais réussir à acheter quelques doubles. Ces listes sont toujours une sorte de cimetière, surtout par les temps qui courent. En effet, je n'y trouvai pas grand'chose : la plupart de nos anciens acheteurs étaient morts ou avaient vendu depuis longtemps leurs collections. Les rares survivants ne pouvaient sans doute plus rien m'offrir. Mais voici que, tout à coup, je mis la main sur des lettres qui provenaient de notre plus ancien client. Depuis le début de la guerre, en 1914, il ne m'avait plus passé de commande. Sa correspondance — je n'exagère rien — remontait à une soixantaine d'années. Il avait déjà traité avec mon père et mon grand-père.

Pourtant, je ne me souviens pas qu'il soit jamais entré dans nos magasins depuis que je les dirige. Tout cela laissait supposer que c'était un homme bizarre, un peu ridicule, aux mœurs du bon vieux temps ; un de ces originaux qu'ont peints Menzel et Spitzweg et qu'on rencontre encore parfois dans nos petites villes de province. Ses lettres étaient soigneusement calligraphiées, les sommes soulignées à la règle et à l'encre rouge. Pour éviter toute erreur, il avait écrit chaque chiffre deux fois, et, par raison d'économie, il avait utilisé les feuilles blanches détachées des lettres reçues et confectionné lui-même ses enveloppes. Ces étranges documents portaient, outre sa signature, toute une série de titres : ancien conseiller forestier, lieutenant de réserve, titulaire de la croix de première classe.

En sa qualité de vétéran de la guerre de soixante-dix, il devait avoir quatre-vingts ans bien sonnés, si toutefois il était encore en vie. Mais ce petit bourgeois ridiculement économe possédait des qualités peu communes de collectionneur. Il s'y connaissait fort bien en estampes et avait fait preuve d'un goût raffiné. J'examinai ses commandes. Je m'aperçus qu'à une époque où on pouvait acquérir pour un thaler les plus belles gravures, ce provincial s'était constitué, petit à petit, et sans que personne s'en doutât, un ensemble de planches qui pouvait fort bien rivaliser avec les plus tapageuses collections des nouveaux riches. En effet, les pièces qu'il avait achetées chez nous pour de modestes sommes en marks et en pfennigs représenteraient maintenant une valeur considérable. D'ailleurs, tout faisait prévoir qu'il avait sans doute opéré avec le même succès chez d'autres marchands et qu'il avait profité de leurs ventes aux enchères. A vrai dire, nous n'avions plus de ses nouvelles depuis 1914. Mais j'étais trop au courant des transactions pour qu'une vente en bloc d'une telle importance m'eût échappé. J'en conclus donc que cet étrange collectionneur devait encore être en vie, ou que ses trésors étaient entre les mains de ses héritiers.

Fort intrigué, je partis le lendemain, c'est-à-dire hier soir, pour une des villes les plus retirées de la province saxonne. Quittant la petite gare, je parcourus nonchalamment la rue principale de la vieille cité. Il me semblait impossible qu'une de ces masures fût habitée par un homme qui possédait les plus splendides eaux-fortes de Rembrandt en même temps que des gravures de Dürer et Mantegna, tout cela au complet et dans un parfait état de conservation. A mon grand étonnement, j'appris au bureau de poste que le conseiller forestier vivait encore. Ce n'est pas sans émotion, je l'avoue, que je décidai d'atteindre son logis avant le déjeuner. Je n'eus aucune peine à le trouver. Il habitait au deuxième étage d'une bicoque de province qu'un maçon-entrepreneur avait sans doute hâtivement bâtie en 1860. Le premier étage était habité par un tailleur. Au second, la porte de gauche annonçait un employé des postes ; enfin, à droite, j'aperçus une plaque de porcelaine au nom du conseiller forestier.

Je sonnai timidement. Aussitôt, une vieille aux cheveux blancs couverts d'une coiffe proprette m'ouvrit. Je lui remis ma carte de visite et demandai si monsieur le Conseiller pouvait me recevoir.

Elle me regarda, étonnée et méfiante. Dans cette petite ville de province et dans cette modeste maison, une visite devait être un événement extraordinaire. La vieille me pria poliment d'attendre un instant. Elle prit ma carte et disparut dans la pièce voisine. Je l'entendis chuchoter. Soudain, une voix d'homme s'exclama :

— Ah ! monsieur R..., de Berlin, le célèbre antiquaire... qu'il entre. Ça me fera plaisir !

La bonne vieille revint à petits pas et me pria d'entrer au salon. Ayant posé mon chapeau et ma canne, je la suivis. Au milieu de la pièce, un vieillard robuste, la moustache embroussaillée, moulé dans sa robe de chambre comme un soldat dans son uniforme, se tenait debout et me tendait cordialement la main. Ce geste spontané de bienvenue contrastait étrangement avec son attitude raide et immobile. Le conseiller n'avança pas à ma rencontre. Un peu surpris, je m'approchai pour lui prendre la main. Quand je voulus la saisir, je remarquai que cette main ne cherchait pas la mienne, mais l'attendait. Instantanément, je devinai tout : cet homme était aveugle.

Dès mon enfance, j'ai toujours éprouvé une certaine gêne à me trouver en face d'un aveugle. Je n'ai jamais pu réprimer une espèce de pudeur à la pensée qu'un homme pouvait être vivant et ne pas me voir aussi bien que je l'apercevais moi-même. Aussi eus-je de la peine à me dominer en voyant ces yeux éteints qui fixaient le vide sous leurs sourcils blancs et touffus.

L'aveugle me tira aussitôt d'embarras. Il secoua ma main avec effusion et me souhaita cordialement la bienvenue.

— Quelle visite inattendue, dit-il en riant. Comment croire qu'un de ces messieurs de Berlin s'aventure dans notre trou de province... Oh ! Oh ! Prenons garde ! Voilà sans doute une visite intéressée !... Nous avons coutume de dire : « Fermez vos portes et gare à vos poches quand viennent les bohémiens. »... Eh oui ! je devine bien pourquoi vous venez me voir... Les affaires vont mal dans notre pauvre Allemagne. Plus d'acheteurs ! Alors, messieurs les marchands se rappellent leurs anciens clients et les recherchent comme des brebis perdues... Mais, chez moi, je crains que vous n'ayez aucune chance de succès. Nous autres, pauvres retraités, nous sommes si contents quand nous avons un morceau de pain sur la table. Nous ne pouvons plus rien acheter à cause des prix fous que vous faites maintenant... il faut y renoncer pour toujours.

Je lui répondis qu'il se méprenait sur le but de ma visite. Je n'étais pas venu lui vendre quoi que ce fût. Etant de passage dans la contrée, je n'avais pas voulu manquer l'occasion de présenter mes hommages à un de nos plus anciens clients, et à un des plus grands collectionneurs de l'Allemagne.

A ces mots, le visage du vieillard se transfigura, exprimant une grande joie et une soudaine fierté. Il se tourna du côté où il supposait que sa femme se trouvait, comme pour dire : « Tu entends ». Quittant le ton bourru et militaire qu'il avait pris tout d'abord, il me dit d'une voix joyeuse et attendrie :

— Vraiment, c'est très aimable de votre part... D'ailleurs, vous ne vous serez pas dérangé pour rien. Vous allez admirer des choses qu'on ne voit pas tous les jours, pas même dans votre opulente ville de Berlin... des planches dont on ne trouverait pas une copie plus belle au cabinet royal des estampes de Vienne ou à Paris. C'est que, quand on collectionne pendant soixante ans, on finit par amasser des objets qu'on ne rencontre pas au coin des rues. Louise, passe-moi la clef de l'armoire.

A cet instant, une chose inattendue se produisit. La petite vieille, qui était debout derrière lui et qui avait assisté avec un sourire discret à notre conversation, leva les mains vers moi d'un geste suppliant. En même temps, elle secoua violemment la tête. Je ne compris rien, tout d'abord, à ce langage muet. Elle s'approcha de son époux, posa les mains sur son épaule et lui dit :

— Mais, Herwarth, tu ne demandes pas à Monsieur s'il a le temps de voir maintenant ta collection. Midi va sonner. Après le déjeuner, tu dois te reposer une heure ; le médecin l'exige. Ne vaudrait-il pas mieux que tu montres tout cela à Monsieur après le repas ? Nous boirons une tasse de café. Anne-Marie sera présente. Elle s'y connaît mieux que moi. Elle pourra t'aider.

Dès qu'elle eut dit cela, elle renouvela son geste suppliant par-dessus les épaules de son mari. Alors, je compris ce qu'elle désirait. Il me fallait refuser de voir la collection tout de suite.

J'alléguai aussitôt un rendez-vous pour le déjeuner. C'eût été un plaisir et un honneur pour moi de rester ; mais je n'étais pas libre avant trois heures. Alors je reviendrais avec plaisir.

Le vieillard sembla contrarié comme un enfant à qui on a pris son jouet.

— Naturellement, grommela-t-il, ces messieurs

de Berlin sont toujours très affairés. Mais, cette fois, il faudra bien que vous trouviez le temps. Il ne s'agit pas de voir trois ou quatre estampes, mais vingt-sept cartons, réservés chacun à un artiste différent, et tous au complet... Eh bien! c'est entendu pour trois heures. Mais soyez précis, sans cela nous n'arriverons pas au bout.

De nouveau il tendit vaguement la main vers moi et me dit :

— Comme vous allez vous régaler, ou plutôt m'envier! Plus vous serez jaloux, et plus je me réjouirai, moi. Nous autres collectionneurs, nous sommes tous les mêmes : nous voulons tout pour nous et rien pour les autres.

Il me secoua cordialement la main.

La petite vieille m'accompagna jusqu'à la porte. Je remarquai chez elle une certaine gêne, un embarras, une angoisse qu'elle avait de la peine à me cacher. Au moment où j'allais la quitter, elle balbutia d'une voix étouffée :

— Est-ce que ma fille, Anne-Marie, pourrait vous prendre à l'hôtel?... Cela vaudrait mieux... pour différentes raisons.

— Mais comment donc, avec plaisir, lui répondis-je.

Une heure plus tard — je venais d'achever mon repas dans un petit hôtel de la place du Marché, — une demoiselle déjà âgée, vêtue très simplement, entra dans la salle à manger et me chercha du regard. Je l'abordai et me déclarai prêt à l'accompagner pour voir la collection. Elle rougit et, avec le même embarras que j'avais remarqué chez sa mère, elle me demanda de lui accorder d'abord un entretien. Je m'aperçus qu'elle avait beaucoup de peine à me dire ce qui la tourmentait. Chaque fois qu'elle essayait de parler, son visage s'empourprait. Ses mains se crispaient sur les plis de sa robe. Enfin, elle commença, hésitante et toujours plus troublée :

— Ma mère m'a envoyée auprès de vous... nous aimerions vous prier... vous informer, avant que vous veniez chez mon père... Il voudra naturellement vous montrer sa collection... Cette collection... n'est plus complète... il y manque une série de pièces... hélas même un grand nombre...

Elle respira profondément. Puis, me regardant en face, elle me dit d'une voix haletante :

— Il faut que je vous parle franchement... Vous connaissez la dureté des temps; vous comprendrez tout... Au début de la guerre, mon père a perdu la vue... Auparavant, déjà, il souffrait des yeux. Malgré ses soixante-seize ans, il aurait voulu partir en guerre. Comme l'armée n'avançait pas aussi rapidement qu'en 1870, il fut en proie à une grande agitation, qui le priva en peu de temps de la vue. Sauf cette infirmité, il était resté en parfaite santé. Dernièrement encore, il pouvait faire de grandes randonnées à pied. Mais maintenant, c'en est fini de ses promenades. Il ne lui reste plus qu'une joie, sa collection. Chaque jour, il la regarde... ou plutôt, il ne la voit plus. Néanmoins, tous les après-midi, il sort ses cartons de l'armoire, et tâte ses estampes l'une après l'autre, dans l'ordre où il les a classées, et qu'il sait par cœur depuis des années... Il ne s'intéresse plus à rien d'autre. Je dois lui lire dans les journaux les avis de ventes aux enchères. Plus les prix montent, plus il est heureux... Car — et c'est ce qu'il y a de terrible — mon père ne comprend rien aux prix actuels ni aux temps que nous vivons... Il ignore que nous avons tout perdu, qu'avec sa pension mensuelle nous ne pourrions pas vivre plus de deux jours... Ce n'est pas tout, hélas ! Le mari de ma sœur est mort sur le front et a laissé une veuve et quatre enfants en bas âge... Mon père ne sait rien de nos difficultés matérielles. D'abord, nous avons restreint nos dépenses encore plus qu'auparavant. Ce fut peine perdue. Puis, nous avons vendu les quelques bijoux que nous avions conservés. Mon Dieu ! Ce n'était pas grand'chose, puisque mon père avait dépensé jusqu'au dernier pfennig de nos économies pour acheter des estampes. Un beau jour, nous n'eûmes plus rien. Nous ne savions plus que faire. Alors... maman et moi, nous avons vendu la première pièce de la collection. Jamais mon père ne l'aurait permis. Il ne sait pas comme les temps sont durs et à quelles ruses il faut recourir pour se procurer le strict nécessaire. Il ignore que nous avons perdu la guerre. Nous ne lui lisons pas les nouvelles pour ne pas le contrarier. C'est une œuvre très précieuse que nous avons vendue, une eau-forte de Rembrandt. Le marchand nous en offrit des milliers de marks. Nous espérions être à l'abri de soucis pendant des années. Mais vous savez ce que vaut l'argent aujourd'hui. Nous l'avions placé à la banque. Deux mois après, il n'en restait déjà plus rien. Nous avons dû vendre une seconde estampe, puis encore une. Et nous recevions toujours l'argent si tard qu'il avait déjà perdu une partie de sa valeur. Puis nous avons participé à des ventes aux enchères. Mais, là également, on nous a trompées, malgré les grosses sommes offertes. Quand les millions arrivaient, ce n'était plus que des chiffons de papier. C'est ainsi que toutes les planches, sauf une ou deux, ont été sacrifiées, uniquement pour nous permettre de subvenir à nos besoins les plus pressants. Et mon pauvre père ignore tout. C'est pour cela que maman a eu si peur quand vous êtes venu... Quand il vous montrera sa collection, vous découvrirez le pot aux roses... Nous avons glissé dans les vieux passe-partout des reproductions ou des feuilles blanches, semblables au toucher, de sorte qu'il ne se doute de rien quand il les tâte. Il se souvient exactement de l'ordre dans lequel il les a classées. Pourvu qu'il puisse les palper et les compter, il éprouve alors la même joie qu'autrefois à les voir. D'ailleurs, dans notre petite ville, il n'y a personne que notre père ait jamais jugé digne d'admirer ses trésors... Il aime passionnément chacune de ses gravures ; à tel point qu'il mourrait de chagrin s'il apprenait que toutes ont disparu. Depuis que l'ancien conservateur du cabinet d'estampes de Dresde est mort, vous êtes le premier à qui il croit faire les honneurs de sa collection. C'est pourquoi je vous supplie...

A ces mots, la pauvre femme leva vers moi ses bras et me regarda, les yeux mouillés de larmes.

— ... Nous vous en supplions... Ne le rendez pas malheureux, ne nous rendez pas malheureuses... Ne détruisez pas cette dernière illusion. Aidez-nous à lui faire croire que toutes ses estampes, qu'il va vous décrire, existent encore réellement... Je suis sûr que, s'il se doutait de la vérité, il en mourrait de chagrin. Il se peut que nous ayons mal agi envers lui, mais nous n'avons pas pu faire autrement : avant tout, il fallait vivre... et la vie, celle de quatre petits orphelins, les enfants de ma sœur, importe plus que des feuilles de papier noircies... Jusqu'à cette heure, nous ne l'avons privé d'aucune de ses joies ; c'est avec un bonheur parfait que, chaque après-midi, il feuillette pendant trois heures ses cartons, et qu'il s'entretient avec chacune de ses estampes comme avec un ami. Et aujourd'hui... ce sera peut-être son jour le plus heureux, puisqu'il attend depuis des années l'occasion de montrer ses trésors à un connaisseur. Aussi, je vous en supplie, les mains jointes, ne détruisez pas son dernier bonheur !

Tout cela, elle le dit d'une voix si émouvante qu'il m'est difficile de vous le traduire exactement. Hélas, j'ai rencontré bien des pauvres gens honteusement dépouillés et ignoblement trompés par l'inflation, des gens à qui on avait ravi, pour un morceau de pain, les biens les plus précieux, héritage de leurs ancêtres ; mais cette fois, le destin offrait un cas unique, qui me remua profondément. Il va de soi que je promis de garder le secret et d'aider ces pauvres femmes de mon mieux.

Nous nous rendîmes ensemble à son domicile. En route j'appris avec stupéfaction quelles sommes dérisoires on leur avait payées et comment on avait profité de leur ignorance. Cela affermit encore ma résolution de leur venir en aide. Nous montâmes l'escalier. Sur le seuil de la porte, nous entendîmes la voix joyeuse et bruyante du vieillard qui nous criait : Entrez ! Entrez ! Son oreille affinée d'aveugle avait sans doute perçu nos pas dans l'escalier.

— Herwarth n'a pas pu dormir aujourd'hui. Il était si impatient de vous montrer ses trésors, dit la petite vieille en souriant.

D'un signe des yeux, sa fille lui avait fait deviner mon consentement. La table était couverte d'une pile de cartons. Dès qu'il m'eut serré la main, il m'invita sans façon à m'asseoir.

— Ça y est ! Commençons ! Il y en a tellement... Et ces messieurs de Berlin n'ont jamais le temps. Ce premier carton, c'est maître Dürer presque au complet, comme vous pourrez le constater. Des exemplaires tous plus beaux les uns que les autres. Jugez-en vous-même !

Il découvrit la première feuille et dit :

— Voici le *Grand Cheval.*

Avec une précaution infinie, comme s'il touchait un objet fragile, il tira du carton un passe-partout qui encadrait une feuille de papier vide et jaunie. Prudemment, du bout des doigts, il la souleva devant ses yeux éteints et la contempla avec enthousiasme, sans la voir. Tout son visage exprimait l'extase magique de l'admiration. Tout à coup, était-ce le reflet du papier ou une lumière intérieure, ses pupilles figées et mortes s'éclairèrent d'une lueur divinatrice.

— Eh bien ! dit-il, avez-vous jamais vu une plus belle copie ? Comme c'est net, comme le plus petit détail se dessine clairement. J'ai comparé cette feuille avec l'exemplaire de Dresde, qui avait l'air estompé et flou. Et la provenance ! Voyez ici.

Il retourna la feuille et me désigna du doigt une partie du verso, de sorte que je fus forcé de regarder si vraiment le signe s'y trouvait.

— Ici vous avez le timbre de la collection Nadler, là celui de Rémy et Esdaile. Ils n'ont pas pensé, ces illustres collectionneurs, que leur estampe serait un jour dans ma petite pièce.

Un frisson parcourut tout mon corps quand je vis ce vieillard faire le panégyrique d'une feuille blanche. Et quand il me montra, du bout des doigts, avec une précision inouïe, des marques de collectionneurs qui n'existaient plus que dans son imagination, il me sembla tout à coup que j'assistais à une scène de sorcellerie. La gorge serrée, je ne savais que répondre. Dans mon effarement, je levai les yeux vers les deux femmes. J'aperçus de nouveau leurs gestes suppliants. Alors je me ressaisis et je me mis à jouer le rôle qu'on m'avait imposé.

— Ah ! m'écriai-je, quelle merveilleuse copie !

Aussitôt son visage s'illumina :

— Ce n'est rien, dit-il triomphant, il faut que je vous montre la *Mélancolie* et la *Passion,* exemplaire enluminé et unique. Tenez, voyez-vous cette fraîcheur, ce ton chaud et ce grain parfait ?

De nouveau, ses doigts suivaient des contours imaginaires :

— Il y a de quoi donner la jaunisse à tous les marchands de tableaux et directeurs de musées berlinois !

Il continua ainsi, pendant deux longues heures, à palabrer triomphalement.

Non, je ne puis vous dépeindre l'effet fantasmagorique de cette parade de centaines de chiffons de papier, qui, dans l'imagination de ce pauvre diable, gardaient une réalité saisissante, à tel point qu'il me les a décrits l'un après l'autre sans la moindre hésitation et dans leurs plus petits détails. La collection invisible, depuis longtemps disséminée aux quatre coins du monde, existait encore, intacte, pour cet aveugle, pour cet homme trompé par charité. Son enthousiasme de visionnaire avait quelque chose de si communicatif que je commençais moi-même à y croire. Une fois seulement, son assurance de somnambule faillit céder : il venait de vanter la précision de la taille dans l'*Antiope* de Rembrandt, pièce qui devait avoir eu une valeur inestimable. Ses doigts sensibles avaient suivi avec amour les lignes du dessin sans que ses nerfs affinés eussent perçu l'empreinte sur le papier. Alors, son front s'assombrit, et il murmura d'une voix hésitante :

— C'est pourtant bien l'*Antiope* ?

Aussitôt, fidèle à mon rôle, je saisis le papier encadré et je me mis à décrire avec enthousiasme et dans les plus petits détails l'eau-forte dont j'avais gardé moi-même un souvenir très précis. Alors il y eut une détente sur le visage contracté du vieillard. Plus je célébrais la louange de ce chef-d'œuvre, plus ses traits rudes et fanés exprimaient de cordialité joviale et de joie profonde.

— Enfin quelqu'un qui s'y connaît, dit-il en se tournant vers les deux femmes. Enfin un spécialiste qui vous confirme la valeur inestimable de ces pièces. Vous m'avez toujours grondé parce que j'ai placé tout mon argent dans cette collection. Bien sûr que c'était dur. Pendant soixante ans, pas de bière, pas de vin, ni de tabac, jamais de voyage, jamais de théâtre — rien que des économies pour ma collection ! Mais vous verrez : quand je n'y serai plus, vous serez riches, plus riches que tout le monde dans notre ville, aussi riches que les plus fortunés à Dresde. Alors vous bénirez ma folie. En attendant, tant que je vivrai, pas une feuille ne quittera la maison. On m'emportera moi d'abord et ma collection ensuite.

En disant cela, il caressait de sa lourde main les cartons vides comme s'il s'agissait d'un être chéri. Spectacle effarant et touchant ! Pendant toutes ces tristes années de guerre, je n'avais jamais vu un visage s'éclairer d'une félicité si pure et si parfaite. Les deux femmes se tenaient à ses côtés, émerveillées comme les saintes qu'on voit, sur de vieilles estampes, s'extasier devant la tombe du ressuscité. La félicité du vieillard illuminait leurs visages ridés, dont les yeux souriants se mouillaient de larmes. Le vieux ne pouvait se rassasier de mes louanges. Il ne cessait de tourner les pages, buvant avidement chacune de mes paroles. Je poussai un soupir de soulagement quand on enleva enfin les cartons trompeurs pour servir le café. Quant à lui, son enthousiasme exubérant semblait l'avoir rajeuni de trente ans. Il me conta mainte anecdote au sujet de ses achats et de ses occasions. Ivre de bonheur, il se levait à chaque instant pour saisir en tâtonnant une de ses estampes. Lorsque, enfin, je lui dis que je devais prendre congé, il s'effraya, se fâcha et frappa du pied comme un enfant.

— Impossible, me dit-il, vous n'avez vu que la moitié de mes trésors. Les deux femmes eurent toutes les peines du monde à vaincre son entêtement et à lui faire comprendre qu'il ne pouvait me retenir plus longtemps sans me faire manquer mon train.

Quand, après une résistance désespérée, il se fut enfin résigné à me laisser partir, il me parla d'une voix tout attendrie. Il me prit les mains, les caressa avec toute la sensibilité d'un aveugle, comme s'il voulait mieux me connaître et me témoigner plus d'amour que par ses paroles.

— Votre visite m'a procuré une immense joie, dit-il, avec une émotion que je n'oublierai jamais. Quel réconfort pour moi d'avoir pu passer en revue mes chères estampes avec un connaisseur. Mais vous verrez que vous n'êtes pas venu en vain chez un pauvre aveugle. Je vous le promets. Je prends ma femme à témoin que je ferai ajouter à mon testament une clause par laquelle je chargerai votre maison de la vente aux enchères de ma collection. C'est elle qui aura l'honneur de gérer ces trésors inconnus, jusqu'au jour où ils seront dispersés à tous les vents. Promettez-moi seulement de faire un beau catalogue. Il sera ma pierre tombale, je n'en veux pas d'autre.

Je regardai sa femme et sa fille. Elles se pressaient l'une contre l'autre. Parfois un frisson les parcourait comme si elles ne formaient qu'un seul corps frémissant. Quant à moi, une émotion mystérieuse m'étreignit quand ce pauvre vieux, qui ne se doutait de rien, me confia la vente de sa collection depuis longtemps envolée. Emu, je lui promis ce que je ne pourrais jamais tenir. De nouveau, ses yeux éteints s'illuminèrent. Je sentais à la caressante pression de ses doigts que c'était toute son âme qui se confiait à moi.

Les femmes m'accompagnèrent jusqu'à la porte de l'appartement. Elles n'osaient me parler. Son oreille affinée aurait perçu le moindre chuchotement. Mais leurs yeux humides de larmes m'exprimaient leur reconnaissance.

Je descendis l'escalier en titubant comme dans un rêve. Au fond, j'avais honte. J'étais arrivé comme l'ange d'un conte de fées dans la demeure de pauvres gens. J'avais rendu pendant deux heures la vue à un aveugle, en mentant sciemment et en prêtant mon concours à une pieuse supercherie. En réalité j'étais venu pour acquérir par ruse quelques pièces rares et précieuses. Ce que j'emportais, c'était cette chose inestimable : le souvenir d'un enthousiasme vivant et pur, d'une extase spirituelle entièrement vouée à l'art que les hommes semblent ne plus connaître depuis longtemps. Une vénération profonde emplissait mon cœur. Et pourtant, je me sentais tout humilié, sans savoir au fond pourquoi.

Arrivé dans la rue, j'entendis une fenêtre s'ouvrir violemment et une voix m'appeler par mon nom. Le vieillard avait tenu à me suivre de son regard éteint. Il se penchait tellement au dehors que les deux femmes devaient le soutenir. Il agitait son mouchoir et me cria : « Bon voyage ! » d'une voix claire et joyeuse d'enfant.

Jamais je n'oublierai la joie de cet homme. A sa fenêtre, il planait au-dessus des passants affairés et inquiets. Une illusion bienfaisante, semblable à un nuage vaporeux, lui cachait le monde réel et ses turpitudes. Et je me rappelai cette parole si vraie — de Goethe, je crois : « Les collectionneurs sont des gens heureux. »

Traduit par MANFRED SCHENKER.

Table

Du même auteur
aux Éditions Grasset :

JOSEPH FOUCHÉ
MARIE-ANTOINETTE
ÉRASME
SOUVENIRS ET RENCONTRES
MARIE-STUART
LE CHANDELIER ENTERRÉ
MAGELLAN
LA PITIÉ DANGEREUSE
BRÛLANT SECRET
CASTELLION CONTRE CALVIN
TROIS MAÎTRES (DOSTOÏEVSKI-BALZAC-DICKENS)
UN CAPRICE DE BONAPARTE

Composition réalisée par EURONUMÉRIQUE

IMPRIMÉ EN ALLEMAGNE PAR ELSNERDRUCK
Dépôt légal Édit. : 25800-11/2002
LIBRAIRIE GÉNÉRALE FRANÇAISE - 43, quai de Grenelle - 75015 Paris.
ISBN : 2-253-15370-2
31/5370/7